谨以此书献给已故的珍妮特·P.迈尔斯及所有图书馆员，他们让我们与好书相遇。

Awarded Novels
长青藤国际大奖小说书系

神奇图书馆

〔美〕克里斯·格拉本斯坦 著　徐涵 译

晨光出版社

前 言
preface

一部优秀的图书馆文学范本

“谨以此书献给儿童图书馆员，他们知道孩子们什么时候该读什么书。”

——克里斯·格拉本斯坦

“图书馆文学”这一名词虽然会令很多人感到陌生，但其作为一种文学现象存在已久，国内有之，国外有之，无论从图书馆事业发展的角度来看，还是从文学发展的角度来看，都是值得说道的。

图书馆作为人类社会文明发展的产物，其社会功用是多方面的。在物质方面，它是书籍的收纳之所和读者的求知之地；在精神层面，它是人际交流的社会空间，是作者和读者的灵魂天堂，是人类的精神共同体。

先有图书馆，后有图书馆文学。图书馆的工作需要文学作品来反映，文学作品也需要图书馆的题材，特别对于青少年读者来说，图书馆文学是不可或缺的一种文学营养。

图书馆文学，顾名思义，就是以图书馆为题材的文学作品的统称，是作家运用形象思维，通过具体生动的艺术形象构成一幅完整的图书馆图景来反映社会现实生活，并表现作家的思想情感。图书馆文学与图书馆的过去、现在和未来相关，与图书馆里的书和人相关，也与图书馆这个社会空间相关。它的产生和发展是文学渗透力、表现力、生命力的体现。

无论在书籍的紧缺年代，还是出版的繁荣时期，图书馆都是读书人的情感寄托，是作者和读者共同的精神圣地。身为图书馆员多年，我养成一个小小的藏书癖好，专门收藏中外图书馆题材的文学作品，多年积累下来已有近千种之多。其中不乏大家创作，泰戈尔、博尔赫斯、茅盾、郭沫若、闻一多等人均有作品流传。

优秀的图书馆文学不仅能激发读者的阅读兴趣和能力，提高读者的信息素养，也有利于增强人们的图书馆意识，激发图书馆员的职业精神，提高图书馆的社会地位。正如《神奇图书馆》的作者接受采访时所言，“我想读过我的书的孩子一定想去图书馆，他们会感到兴奋。当想象力与阅读相遇，任何事情都可能发生。”

关于《神奇图书馆》系列，我很想说说以下几点。

这是一套优秀的儿童文学作品。它讲述了一群孩子在图书馆里发生的故事，三个故事相互独立，又前后关联，每个故事的情节都很紧凑，阅读交互性强，符合青少年读者的心理需求，适合小学中年级学生快速阅读。2013 年在美国出版后，即受到广大少年读者、图书馆员和老师们的好评，从新书上市到 2016 年，该书盘踞“纽约时报畅销书榜”长达 111 周，在全美获奖无数，在世界各地已出版多种语言版本。相信它同样也会得到中国小读者们的欢迎。

这是一套优秀的图书馆文学作品。它以图书馆为场景，以馆藏图书为线索，用竞技游戏的形式，给小读者带来参与性超强的阅读体验。作者在故事中，融入很多图书馆专业知识和规则，比如杜威十进制图书分类法、信息检索、图书馆装备、读者利用政策规定等，这既增加了儿童的图书馆知识，也增强了故事的写实性。这套书多采取写实主义的手法，但也不乏科幻元素，作者加入了诸如“全息影像”“磁悬浮”“无线射频”等高科技元素，让这座图书馆具有了科技感和未来性，正应了阮冈纳赞的那句话“图书馆是一个发展着的有机体”。最难能可贵的是，作者将很多真实存在的经典图书和影视作品作为故事线索，植入到叙事之中，这既是文学作品的互义，也是对经典图书的阅读指导和推广。图书馆文学的创作不仅需要作者对图书馆怀有特殊的感情，还要求作者具备专业的图书馆素养，特别是对图书馆专业知识和业务的熟悉，和对图书馆精神和文化的准确理解和把握，否则很难创作出真实反映图书馆生活的好作品，更无法得到读者的情感共鸣。从这个角度来讲，《神奇图书馆》系列堪称图书馆文学的优秀范本。

这是一套典型的少年成长系列小说。在场景感、快节奏、游戏性之外，作者并未忽视对少年读者心灵成长的关注和引导，也未放弃对人生价值和人文精神的追求和传递。《神奇图书馆》让孩子们懂得赢得胜利，不仅拥有丰富的知识，还需要团队合作，诚实守信，勤于思考，甚至是运气;《奥林匹克竞赛》让孩子们明白分享知识、珍爱书籍，才是竞赛最重要的目标；而爱护图书馆、维护阅读权利则是更大的远景;《终极真相》讲述了事实和真相的价值和重要性，让孩子们体会到失败并不可怕，抛开输赢，勇敢地去尝试，才是成长路上应有的最佳状态。

在我看来，这套书出现的正是时候，当前我们国家正在积极提倡并大力推动全民阅读，新颁布的《公共图书馆法》也规定了图书馆在全民阅读方面的法定义务。在儿童优先的全民阅读大潮中，特别是在图书馆的法治环境下，我国需要一轮新的图书馆启蒙，而图书馆文学对儿童的启蒙和对阅读的推广作用是不可忽视的，也是必不可少的。我想《神奇图书馆》这一系列将肩负起应有的时代使命。同时，我也期待有更多的原创图书馆文学能够出版。

在此，我给广大少年儿童读者推荐几部我喜欢的图书馆文学作品，分别是文字书《图书馆之恋》（古勒莫）、《图书馆里的喵星人》（简·劳奇）、《小猫杜威》（薇奇·麦仑）和《晴天就去图书馆》（绿川圣司），还有图画书《神奇飞书》（威廉·乔伊斯）、《图书馆》（萨拉·斯图尔特）、《图书馆狮子》（米歇尔·努森）、《马背上的女图书馆员》（希瑟·亨森）和《摩尔小姐》（简·宾波洛夫）。

最后，请允许我借用前阿根廷国家图书馆馆长、著名诗人博尔赫斯先生的一句话结束本序言。

“这世上如果有天堂，那应该是图书馆的模样。”

亲子共读领读者

国家图书馆少年儿童馆馆长

目 录
contents

目 录
contents

一个星期的禁闭

Mr.Lemoncello's Library

足足一个星期，卡尔·凯利都被关在家里，不能出去玩。

原因嘛，说来话长。

头一条，他为了抄近路，从妈妈最喜欢的玫瑰花丛里穿了过去。

从荆棘里冲过，他被花刺扎得够呛，还踩坏了几株牵牛花，不过这样一来，他就能领先大哥迈克五秒钟。

兄弟俩都清楚，眼前这场游戏，取胜的关键就在于谁先跑到屋内。

游戏的“户外”部分，卡尔已经完成，他已经找到了松果。至于迈克，肯定也完成了任务，摘得“黄花”，这一点他心知肚明，毕竟现在是六月，蒲公英多得是。

“别争了，卡尔！”迈克冲他大喊一声。两兄弟冲向房前的车道。“你没机会啦！”

说话间，迈克已经从卡尔身边一闪而过，朝前门跑去。卡尔只领先了一小会儿，就又被哥哥甩在了后面。

这一点儿都不奇怪，迈克今年十七岁，高中生，身强体壮，在学校更是运动健将。足球、篮球、棒球，只要是球，他都能玩得转。

而卡尔才十二岁，什么健将都不是。

卡尔的二哥科提斯，今年十五岁，这会儿还困在邻居的院子里，正跟邻居家的狗斗智斗勇呢。科提斯在三兄弟中最聪明，可游戏的“户外”任务，他不幸抽中了“邻居家狗的玩具”，也就是说，要把狗狗的玩具夺过来——一般来说，抽到这种任务卡，基本就等于先输一轮了。

在这样一个周日的下午，凯利家三兄弟发疯一般四处乱窜，到处搜寻奇奇怪怪的东西。说起来，这都要怪他们的妈妈。

主意是她出的。妈妈跟他们说：“你们几个，闲得发慌，去玩桌游去！”

于是，卡尔当即跑去地下室，翻来倒去，找出一款自己最喜欢的游戏，名叫《跟雷蒙赛罗先生屋里屋外寻宝》。雷蒙赛罗先生是游戏大师，这款游戏就是他设计的大作。卡尔三兄弟小时候天天玩，到最后妈妈不得不写信给雷蒙赛罗的公司，问他们能不能再寄一盒新的游戏提示卡来。新提示卡上，玩家要找的东西就更匪夷所思了，像什么“成年人的内裤一条”“脏盘子一个”，还有“腐烂的香蕉皮”之类的。

（最要命的是，游戏结束时，输的人要把每样东西放回原处！这是正式的游戏规则，白纸黑字地印在游戏盒子上，所以绝不能输啊！）

此时卡尔和迈克已经进入最后一轮，两人都在寻找最后一样东西，因为最后一轮玩家拿到的提示卡是一样的。而可怜的科提斯，这时候还困在隔壁，跟邻居家的杜宾狗周旋，想骗走它的玩具呢。

当天最后一张游戏卡的提示内容是个脑筋急转弯，卡尔闻所未闻，不过出奇得简单。

“找到两枚 1982 年的硬币，加在一起面额应为三十美分，其中一枚不能是五分面额的。”[1]

还用说吗，答案就是一枚二十五分，一枚五分。卡上只说有一枚不能是五分的。

所以，要想最终取胜，卡尔得找到两枚硬币，1982 年发行，一枚二十五分的，一枚五分的。

拜托，太简单啦。

爸爸有一个大酒壶，里面装的都是零钱，就放在地下室的工作室里。

所以，卡尔和迈克你追我赶地往地下室跑。

迈克一个箭步冲进前门。

卡尔却嘿嘿一笑。

卡尔很喜欢跟哥哥玩游戏，三兄弟中他最小，只有玩游戏，他才有机会打败他们，公平公正。桌游对所有参与者都是公平的，没错，要掷一手好骰子，要抽一手好牌，还要耍一些小聪明，但只要机会来了，抓住机会，谁都能赢。

---

[1] 美国流通的硬币，一共有六种面值：一美分，五美分，十美分，二十五美分，五十美分，一美元。——编者注

尤其是今天。迈克按常规路线前往地下室，就已经丧失先机了。按他的走法，要先通过前门，绕到屋后，跳下阶梯，才能冲到爸爸的工作室。

卡尔却不然，他选的是一条捷径。

他跃过几块矮矮的草丛，把贴近地面的地下室的窗扉踢开，脚上蹬的网球鞋碰到了窗户玻璃，“咔哒”一声。不过管不了那么多了，取胜为先。

卡尔从狭窄的窗户爬下去，落到地面，抢先一步来到工作台，酒壶就在上面。他把里面的硬币都倒出来，一分的、五分的、十分的，还有二十五分的。他在一堆硬币里面翻找。

得手了！

卡尔很快就找到一枚1982年的五分硬币，塞到衬衫口袋里，然后把那些一分的、五分的、十分的全部推到一边，专心筛选二十五分的硬币。2010年的，2004年的，1986年的……

“快出来，快出来。”他一边翻找，一边嘟囔。

这时工作室的门“呼啦”一声打开了。

“搞什么鬼？”迈克眼见卡尔居然比自己先一步拿到零钱罐，一脸惊异。

他赶快跪在地上，开始找硬币，可这时卡尔已经喊了一声：“找到啦！”然后从一堆硬币里挑出一枚1982年的二十五分硬币。

“还有一枚五分的呢？”迈克问道。

卡尔从衣袋里取出那枚五分硬币。

“你从窗户钻进去的？”外面突然有人问了一句。

问话的人是科提斯，他正跪在花池里。

“没错。”卡尔回答。

“我正打算爬窗户呢。两点之间最近的距离就是直线。”

“你都能赢，难以置信！”迈克沮丧地说。他可不习惯输。

“没办法，”说着卡尔站起身，大摇大摆地走了两步，“你不信也没用。你们俩输啦，去把所有东西放回原处吧！”

“我才不去还东西给狗狗呢！”科提斯说道。他手里拿着一条打结的绳子，黏糊糊的。

“你说不去也没用，”卡尔说道，“输了，就要认输。是，你确实也想过爬窗户——”

“喂，卡尔——”科提斯低声说了一句，“我劝你别讲话了——”

“什么？不是吧你，输了就要赖，就算我抄了近路，踢开窗户，然后——”

“哦，是你干的好事，卡尔？”

窗边出现了一张新面孔。

是爸爸。

“嘿——嘿——嘿——”迈克在卡尔身后偷笑。

“你把窗户打碎了？”爸爸听起来很生气，“哼，你猜猜，换窗玻璃的钱，该谁来出？”

就这样，之后一年里，卡尔·凯利的零花钱每次都要被扣掉五十美分。

而且，他还被关在家里一个星期。

2

绝密新图书馆

Mr.Lemoncello's Library

小城另一边，在一座形似洞穴的巨型建筑里，世界知名的图书馆馆长雅尼娜·齐琴科博士轻快地走过。这座建筑还有几天就要正式开放了，到时候会举行盛大的开馆仪式。

这里是亚历山大市的新图书馆，花了五年时间才建好的，整个建造过程完全秘密进行，保密工作做得天衣无缝。其中一个负责外部装修的施工队，曾经参与建造金叶银行大厦——那可是这座俄亥俄小城最辉煌的建筑。除此之外，还有木匠啦、泥水匠啦、电工啦、管道工啦等，负责室内的工程。

没有一个施工队，在这里干活儿超过六个星期。

每个施工队既不知道自己要干什么活儿，也不知道其他队伍干了什么活儿。

等所有施工队都完工，还有几个绝密的施工队伍，来做最后的收尾工作。这些人工钱很高，不过要是有人问起，他们会矢口否认，说自己压根儿就没去过图书馆，别说图书馆了，自己根本就没去过亚历山大市，甚至根本就没去过俄亥俄州。

整个建筑工程齐琴科博士全程督办，不过她不是主人，主人是一位身家亿万的富豪，一个古怪的人物（也有人说是个疯子）。这座图书馆内种种奇妙难以置信，可是齐琴科博士全都心知肚明。

齐琴科博士个子很高，满头红发像火焰一般，穿一身名贵的定制西装，脚蹬花哨的高跟鞋，鼻子上架一副红色厚框的眼镜，还戴着蓝牙耳机。

她大步走出控制中心的红色大门，头顶是一条拱廊，高跟鞋在大理石地面上踩得噔噔响，手里捧着一台最新的平板电脑，手指在上面点来点去。她穿过拱廊，来到圆形大厅，这里大得吓死人，正位于图书馆的穹顶之下，往上足足有三层楼那么高。

这座新图书馆大楼，在原来的银行大厦的基础上改造而成，银行大厦建于1899年。高高矗立的科林斯柱、入口处的拱门、各式各样的装饰物，还有一座巨大的黄金顶，在阳光下熠熠生辉，整座图书馆看上去可以与首都华盛顿的胜利纪念馆比肩，却偏偏屹立在俄亥俄小城的偏僻街道上，实在奇异。

此时，齐琴科博士顿住脚步抬头瞧去，眼前是图书馆最震撼的一幕——大穹顶。十块楔形的高清大屏幕，亮如白昼，正和时代广场的那些大屏幕一样。这些屏幕一块块贴在穹顶内部，像橘子瓣一样连在一起，每块都可以独立播放，又可以十块一起播放同一个画面，简直叹为观止。经由屏幕显示，整个大穹顶可以瞬间变为满天星辰，或者一架飞机穿越云层，让下面的观众产生错觉，仿佛整栋建筑腾空飞起。又或者，在杜威图书分类法[1]下，十块展示生动活泼、不断变换画面的屏幕，与图书馆目录系统里的每一个类目对应起来。

“大穹顶第四区，杜威分类号已经定了，”齐琴科博士对着蓝牙耳机说，“是364.1092。”她一字一顿，夸张地读出每个数字，好让负责视频的工作人员听清楚。第四区上面会展示社科类合成画面，一会儿飘过法官的小木槌，一会儿滚过苹果[2]，一会儿又是节日符号纷纷飘落，让人眼花缭乱。这行数字偶尔会从屏幕中心划过，夹杂在这些不断变换的画面里。“一定要到周日上午十一点，才开始显示数字。听清楚没有？”

“清楚了，齐琴科博士。”她耳机里传来微弱的回答声。

接下来要检查的，是投射在黑色绉纱上的全息影像。大穹顶周遭，拱形的窗户下面，由巨型石柱支撑，石柱上内凹的地方，以绉纱为背景，上面投射的就是这些全息影像。

“莎士比亚和狄更斯怎么还在这儿？开幕式当晚，没有这两位啊。”

“抱歉抱歉。”全息影像负责人赶忙道歉。博士的电话会议里，也有他一个。“我马上处理好。”

“谢谢。”

博士走出圆形大厅，来到儿童阅览室。

儿童阅览室里很暗，只亮着几盏工作灯，不过里面那些小书桌的位置，齐琴科博士早已谙熟于心。她毫不担心自己的脚，

[1] 杜威图书分类法是杜威发明的一种十进制图书分类法。——编者注
[2] 指学生送给老师的苹果，通常是为了巴结老师。——译者注

一路大步流星，径直来到“故事角”，检查最近刚安装的发声机械玩偶——鹅妈妈！

一群玩偶里，有六只小鹅，立在转角的书架顶层，毛茸茸的，眼睛像乒乓球一般。还有一只鹅妈妈，头戴软帽，架着一副老花镜，一动不动地待在墙角。鹅妈妈一家由前迪士尼乐园的“幻想工程师”专为新图书馆设计制作。

“我是一号馆员，”齐琴科博士说话的声音很大，足够传到藏在天花板的麦克风里，“故事模式开启。”

机械鹅立刻活了过来。

“儿歌。”

机械鹅咿咿呀呀的，用六部和声唱出了《黑绵羊》[1]。

“《金银岛》呢？”

于是群鹅唱起“鬼魂岛上的十五人”[2]：“嘿呦呦——嘿呦呦——”

博士拍了拍手，本来欢歌笑语的机械鹅立刻不摇不唱了。

“再来一首。”博士说道。她眼睛一扫，正好看到旁边桌上摆的一本书。“《放屁狗沃尔特》。”

六只小鹅立刻打起转，开始放屁，屁股上的羽毛随着噗噗的出气声往上撅起。

“很好。故事模式结束。”

于是机械鹅回到睡眠模式。齐琴科博士在平板电脑上又敲了一下，最后检查的清单内容越来越少了，很好。图书馆开馆

---

[1] 原名 *Baa-Baa Black Sheep*，英语儿歌，曲调即国内的字母歌。——译者注

[2] 原名 Fifteen Men on a Dead Man's Chest，来自罗伯特·路易斯·史蒂文森所著《金银岛》(*Treasure Island*)。——译者注

仪式定在周五晚上，博士和她手下的各路人马只有几天时间来逐一检查，以保证这么复杂的操作系统不会出现任何问题。

突然间，博士听到一声低沉的吼叫。

一转身，眼前赫然是一只罕见的白虎，正与自己四目相对。

齐琴科博士叹了口气，轻触了一下蓝牙耳机。

“G老师？我是齐博士。咱们的孟加拉白虎，怎么跑到儿童区来了？哦……是这样。显然你没完全明白我的意思，不是一直把它放在《丛林之书》这边。你去查查书号，599.757，对，没错。老虎要放在动物类那边。对……麻烦你……好……马上。谢谢，G老师。”

然后老虎就不见了，如同变魔术一般。

新图书馆为何令人激动

Mr.Lemoncello's Library

尽管卡尔被关禁闭，可是学总归还是要上的。

“迈克、科提斯、卡尔，起床了！”妈妈在厨房里冲他们喊道。

卡尔从床上蹦下来，揉揉眼睛，看看四周，仍然睡眼惺忪。

桌上放着的电脑，本来是大哥迈克的，后来传给二哥科提斯，如今又传给他用。还有地上铺的地毯，上面印着辛辛那提红人棒球队的标志，以前也是迈克的，那时候迈克才十二岁。卡尔书架上放的书，也都在迈克和科提斯的书架上摆过，只有几本，是圣诞节时奶奶给他的。书是不少，可是去年加进来的，他都还没看完。

卡尔不怎么爱看书。

只有一类书他爱看，就是电子游戏的介绍手册或者通关攻略。家里有一台索尼的 PS 游戏机，不是最新的高清蓝光 PS3，而是老款 PS，是四年前迈克的圣诞礼物（全新的蓝光版也有一台，不过被迈克锁在自己房间里）。

虽然是部老掉牙的机器，但是用了四年，这台游戏机一直都很正常。

可这周出问题了。

其实游戏机倒没问题，问题是爸爸不许他用电视和电脑，作为惩罚，一直要持续到下周日。打开游戏机又有什么用，也只能坐那儿听机器硬盘哼哼。

“既然说了关禁闭，那就严格禁闭。”爸爸是这么说的。

本周是学期最后一周，需要做作业的话，倒是可以用妈妈的电脑，就在厨房。

不过妈妈的电脑里，可没有游戏。

好吧，有一款《梦幻餐厅》，可这玩意儿哪算得上是游戏。

唉，在凯利家里，说关禁闭，就意味着你什么也别想玩，只能干一件事，就是爸爸说的“闭门思过，好好反省”。

卡尔知道自己犯的事儿，不就是打碎了一扇窗户嘛。

有没有搞错，我还赢了两个哥哥呢！他想。

卡尔来到厨房。“早哇，卡尔。”妈妈说。她坐在电脑桌边，一边小口喝着咖啡，一边敲打键盘。“吃早饭——去拿块吐司馅饼。”

科提斯和迈克已经在厨房，正狼吞虎咽，把最后一块好吃的都吃光了——就是挂有糖霜的纸杯蛋糕。留给他的是没有糖霜的肉桂红糖味的，吃起来干巴巴的，像木头一样。

“新图书馆周五开放哦，正好赶在暑假。”妈妈盯着电脑屏幕，嘴里咕哝着，“旧馆拆了十二年了，现在才盖新的。听着啊：新图书馆馆长雅尼娜·齐琴科博士保证说，新馆定会给读者们一个惊喜。”

“真的？”卡尔问。他最爱惊喜。“不知道里面有什么好玩的。”

“还不都是书？”迈克回他，“什么叫‘图书馆’啊，卡尔！”

“怎么都好，”科提斯说，“我要赶紧办个新读者证！”

“当然，你是书呆子嘛。”迈克接话。

“是极客，那词儿叫极客好不好！”科提斯说。

“我走人了。”卡尔一边说，一边抓起背包，“要不赶不上车了。”

他匆忙出门。其实他不是怕赶不上车，而是怕赶不上自己那帮朋友——好多人都带着 PSP 和 3DS 呢！

好玩的游戏实在是多啊！

上了校车，卡尔拳打脚踢一通突进，才挤到自己的位子上，大家都想跟他问好，只有一个人例外——茜拉·罗素。

茜拉今年也七年级，坐在车后排，埋头看书——她总是那副样子。不知道她看的什么书，估计就是讲大草原上小茅屋里的女孩子之类的。

她父母离婚了，爸爸搬去其他地方了。从那以后，茜拉就安静得要命，空闲时间就只是看书。

卡尔一屁股坐下，旁边坐的是雅美·休斯。“衬衫挺帅嘛！”

雅美冲他说。

“多谢。是迈克的旧衣服。”

“旧没关系，穿着挺酷。”

雅美妈妈是亚洲人，爸爸是爱尔兰人。她一头长发乌黑发亮，蓝色的眼睛，满脸的小雀斑。

“在玩什么？”卡尔问她。雅美正捧着 PSP3000，两手忙个不停。

“《松鼠纵队》。”雅美回答。

“雷蒙赛罗先生的一款杰作呀。”卡尔说。他自己的 PS 上也有这款游戏。

不过一个星期都没玩了，唉……

“要不要帮忙？”

“算啦。”

“小心蜂窝——”

“我知道蜂窝。”

“我就随便一说——”

“噢耶！”

“怎么了？怎么了？”

“过关啦！终于过了第六关啦！”

“牛。”卡尔回答。他没提自己已经过了第二十七关，雅美是他最好的朋友之一，朋友跟朋友就不用吹嘘啦。

“我用松鼠射猎鹰，”雅美说，“驾驶员就跳伞了。要是松鼠击中驾驶员的屁股，就能得 50 分。”

没错，这是雷蒙赛罗先生设计的游戏，弹小动物射击游戏，这种游戏里笑料层出。游戏里的“猎鹰”不是真的鹰，而是 F-16 喷气式战斗机。那些松鼠设计得疯疯癫癫，傻头傻脑，眼睛像动画角色一样，有一圈圈的漩涡。玩家对准目标，拿松鼠当炮弹打出去，它们在空中叽里呱啦的，然后正中飞行员的屁股。

卡尔一向觉得，无论是桌游、猜谜，还是电子游戏，但凡是雷蒙赛罗先生的创意工厂出品的，都牛得一塌糊涂。原因就是，对雷蒙赛罗来讲，游戏里如果不来点儿恶搞和胡闹，就不叫游戏了。

“对了，你找到奖励码没有？”卡尔问。

“什么码？”

“定格的那里。”

雅美对着屏幕仔细端详。

“翻过来。”

雅美照办。

“看到躲在角落里那个数字没？下次主页屏幕提示你输入密码时，把它打进去。”

“然后呢？为什么输这个？”

“到时候你就知道了。”

雅美使劲儿拽着他的手臂。“快说啊！”

“嗯，这么说吧，要是在第七关打出的炮弹是火松鼠的话，你可别吓着了。”

“收到。你可以走了。”

“试试你就知道啦。”

“好！我下午就试。对了，加分的作文，你写了没？”

“什么玩意儿？什么作文？”

“晕。今天要交的那篇啊，关于新图书馆的。”

“帮我刷新一下记忆。”

雅美叹了口气。“就是那个啊，旧图书馆拆掉，到现在不是过了十二年吗？所以让所有十二岁的学生都写一篇作文，题目是《新图书馆为何令人激动》。写得最好的前十二名，本周五晚上可以去新图书馆体验一夜，关在里面。”

“什么鬼？”

“就是说，作文比赛取胜的，可以提前体验新图书馆，其他人连什么样儿都还没见过，你就可以去里面过一夜！”

“搞什么啊，拍电影吗？学别人《博物馆奇妙夜》？是不是图书馆里的书都活过来，然后追着人到处跑？”

“那倒不是，不过免费看电影、免费吃喝、拿奖、打游戏，倒是很有可能。”

听到“游戏”两个字，卡尔瞬间来了兴致。

神秘的作文评委

Mr.Lemoncello's Library

“话说那里有什么游戏玩？”

“我哪儿知道，”雅美回答，“估计是跟书有关的游戏吧。”

“依你看，新图书馆里的电脑，也应该是新的吧？”

“那肯定啊。”

“Wi-Fi 呢？”

“应该有。”

卡尔缓缓点头。“就周五晚上？”

“没错。”

“雅美，看来你给我指了条明路，我最近的禁闭期将得以大大缩短。”

“你的什么？”

“被无情剥夺游戏权利的家庭惩戒。”

卡尔暗想：周五就算关在图书馆里，至少有电脑，比起关在家里什么游戏设备都没有，可要好多了。

“借支笔，还有一张纸。”

“什么？你现在写作文？就在校车上写？”

“现在写，总好过不写嘛。”

“好吧。交到指导教室。赶紧的啊。”

“收到。我长话短说。”

雅美摇了摇头，递给卡尔一个本子，一支笔。校车开过一个减速带，已经驶入了校车车道。

卡尔的作文，真要非常非常短才行。

他只希望这十二人是随便选的，谁敢说就不会选到自己？电视广告里那些卖彩票的不是常说嘛，“买了不一定赢，但是不买就肯定没机会”。

这边卡尔忙着赶作文，小城另一边，查尔斯·齐灵顿坐在爸爸的书房里，也在忙着写这篇附加分的作文，家里还专门请了一位大学生家教，帮他修改作文。

查尔斯一身典型的学生装扮，卡其长裤，蓝色上衣，领尖带扣的衬衫，还打着领带，裁剪得当——整个亚历山大市中学，只有他一个人是这么一身打扮。

“还有什么大词儿是跟‘图书馆’一个意思的？帮我想一个。”他冲自己的家教问，“老师最喜欢大词儿。”

“‘藏书阁’吧。”

"再大点儿，帮帮忙。"

"唔……'册府'？"

"帅呆了！这个词古怪得很，让他们查字典去吧！"

查尔斯修改停当，保存好文件，然后把文档发去打印。

齐灵顿先生的书房四壁摆满了书，都是用皮革包装的，老师一边环顾欣赏，一边冲查尔斯说："你爸爸肯定读了很多书。"

"知识就是力量嘛。"查尔斯回答，"这是我们家的家训之一。"

其实他们家还有一条家训：踩着别人上位。

卡尔和雅美下了校车，走进学校。

"你知道吗？"雅美说，"我爸告诉我，盖新图书馆，雇了无数人来画图纸、蓝图什么的，而且彼此还都保密。"

"为什么？"

"说所有工程都是绝密。我爸的公司是负责前门的，就只做前门。"

两人走进指导教室，是卡梅隆老师的课。就在这时，他们听到一声招呼："喂，卡尔！兄弟，快来看！"是米格尔·费南德斯。他手举一个透明文件夹，足有两寸厚。"作文。兄弟我搞定啦！"

"就是写新图书馆的东东？"

"正是！我加了好多图片、表格，还有一整部分讲埃及亚历山大的古代图书馆，咱们这儿不是叫亚历山大市么！"

“漂亮。”卡尔回了一声。

这个米格尔，有点儿什么事都爱大呼小叫，他还是学校图书馆助工协会的主席。“喂，卡尔，你知道大家都怎么说图书馆吗？”

“这个……不清楚。”

“人生每一章节，都离不开它！”

卡尔正被他搞得没脾气，第二遍上课铃终于响了。

“同学们，”指导课唐娜·卡梅隆老师冲大家说，“下面开始交附加分作文。”说完她在教室里来回收。“今天上午评委在教师休息室开会，进行第一轮评选。”

有没有搞错，卡尔心想，居然还有评委。看来这事儿不能像买彩票一样靠运气了。

“卡尔？”老师走到他桌前俯身问，“你写了吗？”

“写了——算是写了吧。”

“不好意思，听不明白。你究竟是写了，还是没写？”

卡尔犹犹豫豫地递上自己仓促胡写的那张纸。

真倒霉，卡梅隆老师居然当众大声读了出来。

“气球，可能会有气球。”

哄堂大笑。

卡梅隆老师把眼镜往下一捋，冲大家一瞪眼，吓得全班立刻鸦雀无声。

“这就是你的作文，卡尔？”

“是的，老师。不是让我们写开馆仪式让我激动的原因吗？这个，这个，我一直就最喜欢开幕式上的气球。”

“是这样啊。”卡梅隆老师说，“卡尔，你知不知道，你哥哥科提斯上我的课时，写的作文可好了。”

“知道，老师。”卡尔低声咕哝一句。

卡梅隆老师满意地呼了口气。“请代我向他问好。”

“好的，老师。”

卡梅隆老师接着走到邻座，米格尔急不可耐地奉上自己那个厚厚的文件夹。

“写得很好，米格尔。”

“谢谢老师！”

就在这时，卡尔听到停车场那边传来一阵奇怪的声音，叮叮咣咣的。

“我的天，”卡梅隆老师叫了一句，“不会是他吧！”

她赶紧来到窗前，掀起窗帘，教室里的孩子都跟在她后面。

眼前的一幕令人诧异。

就在外面的访客停车场上，有一辆怪异的车，整个看起来好像一只巨大的红靴子。保险杠看起来像锯齿状的靴底，厚厚的鞋带一路缠绕，从挡风玻璃一直往上，足足有十英尺高的车篷，就是靴口。

“有点儿像那款游戏里的车哎，”米格尔说，“就是那个《疯狂家庭》。”

卡尔点点头。《疯狂家庭》是雷蒙赛罗先生制作的第一款游戏，差不多也是最有名的一款。游戏里有十个令牌，抽到可以在游戏盘中移动，其中一个就是红靴子。

眼见着车门打开，从这辆怪异的汽车里走出一个人来，个子高高的，身材瘦长。

“是雷蒙赛罗先生！”卡尔一声惊呼，感觉心扑通乱跳，“他怎么会在这里？！”

“都已经公布过了，”卡梅隆老师说，“今晚，路易吉·雷蒙赛罗先生本人将亲自担任最终评委。”

“评什么？”

“你们的图书馆作文。”

再掷一把骰子

Mr.Lemoncello's Library

中午在餐厅吃饭时，卡尔盯着自己的炸鱼柳发呆，鱼柳都已经软了。他心里还在祈祷，自己能抽中一张“再来一次”的好牌。

“这事儿我自己搞砸了。”他低声咕哝。

“是啊，”雅美表示同意，“基本上算是没戏了。”

“新图书馆居然跟雷蒙赛罗先生和他的创意工厂有关，你能想象得出这图书馆有多牛吗？”

“能啊。我也有点儿想去瞧瞧。毕竟我还真的写了作文，里面没有一句提到‘气球’什么的。”

“我谢谢你了啊，有必要这么损我吗？”

雅美收起了玩笑，说：“我说卡尔，玩游戏时，如果被罚退回三步，你一般会怎么办，认输放弃吗？”

“不会啊，要是被罚退回，我会玩得更认真，因为要想办法赶上这三步，然后争取领先。”

“嗨，兄弟们！”是米格尔，他端着盘子挪了过来。

米格尔身后还跟着一位，头发立着像刺猬，戴一副老大的眼镜，如电焊镜一般。

“这是安德鲁·派克曼，认识吧你们？”

“你好。”卡尔和雅美冲他打了个招呼。

“哥儿几个好。”

“安德鲁是我们图书馆助工协会的牛人。”米格尔介绍说。

“强。”雅美回答。

“刚刚听图书馆员杨瀚夫人说，原来市里的这座新图书馆的秘密捐款人就是雷蒙赛罗先生——钱都是他出的，一共五亿！”

“她是听NPR[1]报道的。”安德鲁加了一句。他讲话的时候总是鼻音很重。“所以我们简单查了查，了解了一下雷蒙赛罗先生的情况，还有他跟亚历山大市的渊源。”

“查到什么了？”卡尔问。

“首先，”米格尔说，“他就出生在亚历山大。”

“有九个兄弟姐妹。”安德鲁接着说。

“他们就住在小意大利那片儿，全家人挤在一间巴掌大的公寓里，只有一个卫生间。”米格尔接茬。

“还有还有，”安德鲁急着补充，好像非要胜过米格尔一局，“他可喜欢以前市场街的老图书馆了。听说他小时候经常去那儿，想找个安静的地儿思考，想问题。”

“还有呢，听好了，”米格尔听起来也很急切，“托本太

[1] 美国国家公共电台（National Public Radio）。——译者注

太——就是当时的图书馆员——觉得小路易吉挺好玩，觉得这孩子很……怎么说呢，很像咱们这样。于是有时候她就很晚关门，还把自己桌子上杂七杂八的东西借给他用，连自己包里的东西都肯借给他。什么顶针啦、图钉啦、胶水啦，还有芭比娃娃的小红靴子。这些东西被他拿来用作游戏的组件，最后就在图书馆的阅览桌上，他把自己最早的创意弄出来了。接着——"

还没等他说完，安德鲁又插话了："接着托本太太就把雷蒙赛罗先生设计的《疯狂家庭》游戏大纲带回了家，给丈夫看，她丈夫是一个打印店的老板。后来他们签了几笔合同，就这样成立了一家公司，没过几年，大家都发财了。"

最后几句话还是米格尔抢了过来："到今天就不用说啦，雷蒙赛罗先生已经成亿万富翁啦！"

"你们这帮呆瓜，激动什么？"说话的是海莉·戴利。她扭啊扭地从旁边走过，身边有一群妹子簇拥着，都是学校里的漂亮女生，围着她像围着女王一样。没错，整个七年级海莉就是女王，她一头金发，眼睛湛蓝，笑起来明眸皓齿，活脱脱一个牙膏广告。

"我们在聊雷蒙赛罗先生，来劲啊！"米格尔回答。

"还有还有，新图书馆！"安德鲁也很来劲。

"关键是，海莉，"卡尔煽情地来了一句，"看到你，能不激动么？"

"你们太幼稚了。姐妹们，我们走。"海莉一帮人蹦蹦跳跳而去，跑到"潮人"那一桌去了。

"喏，你们瞧！"雅美说，指了指餐厅前取餐的队伍，只见查尔斯·齐灵顿端着两个餐盘，正努力左右保持平衡。一盘是他自己的，另一盘是帮卡梅隆老师拿的。

“卡梅隆老师，您今天能来和我们一起吃饭，我真高兴。”查尔斯对老师说，“正好我想问您几个问题，希望您不会介意——不同的文学体裁，比如诗歌、戏剧和散文，里面的对话是如何影响意义的呢？”

“这个嘛，查尔斯，我很乐意跟你讨论讨论。”

“谢谢您，卡梅隆老师！对了，请容我说一句，这件上衣衬得您眼睛美极了。”

“这家伙马屁拍得震天响，”雅美低声嘟哝，“要我看，查尔斯这副嘴脸，肯定是想让卡梅隆老师把他的作文特别推荐给雷蒙赛罗先生。”

“不用担心，”卡尔说，“卡梅隆老师又不是最终评委，雷蒙赛罗先生才是。既然雷蒙赛罗是个天才，那他选作文肯定有眼光，你们的作文一定入选。”

“那必须的。”安德鲁说。

“借你吉言。”米格尔说。

“希望你也能入选。”雅美说。

“谁知道呢，说不定我真能入选。你不是说了嘛，玩《飞行棋》我要‘退回三步’，玩《大富翁》要‘站一边儿去’，玩《滑坡与梯子》碰到了滑坡，玩《糖果乐园》时撞到了沼泽！”

“我说卡尔，”米格尔忍不住问，“你到底玩过多少种桌游啊？”

“别管玩过多少，总之我就记住了一条：只要胜负还未分，就绝不放弃！”他把午餐收拾好，朝餐具回收处走去。

雅美在身后叫了他一声：“你去哪儿？”

“午饭时间还没完，我还有时间，整个自修室都是我的，我有地方——重写一篇新的作文！”

“卡梅隆老师不会收的。”

“也许吧，不过我还是要再掷一把骰子，说不定走运了呢。”

“祝你成功。”雅美说。

“老天开眼，祝我好运！咱们校车上见！”

6 自动退回的邮件

Mr.Lemoncello's Library

不消说，卡尔这辈子写过的所有作文，加在一起也没这篇走心，单是主题句，他就用心良苦，把图书馆比作自己的最爱——游戏，简直惊天地泣鬼神：

“去图书馆，不管学什么，都其乐无穷。人在图书馆，研究点儿问题，好比玩寻宝游戏，只不过这里，是在书本中抽丝剥茧寻找奖品，而不是去家里的阁楼或者后院。”

文章条目清晰，条目下又分条目。

文章结尾干净利落，结论掷地有声。

连拼写都检查了两遍，万无一失。

可惜，雅美没说错。

“不好意思，卡尔，”放学交作文给老师时，卡梅隆老师遗憾地说，“写得很好，看到你这么用功我也很高兴。可是最后期限是今天上午，规矩就是规矩，没办法。就像你文章里讲的，桌游也要讲规矩啊。”

她这一番话，基本上就把卡尔“退回五百步”了。

但是卡尔绝不放弃。

他想起来，以前妈妈曾经给雷蒙赛罗先生的创意工厂写过信，那时候他们兄弟三人正缺一套全新的游戏卡来玩《寻宝游戏》。

也许……不如直接把作文电邮给雷蒙赛罗先生本人？

也许……如果雷蒙赛罗先生晚一点才会看作文、选人，那么自己还有一线机会。虽然渺茫，可机会往往都是渺茫的，要看人能不能把握住。

一进家门，卡尔立刻坐在厨房里妈妈的电脑边。他把自己的作文以附件形式，作为优先发送的邮件，发往雷蒙赛罗先生创意工厂的电子邮箱。

“卡尔，你在搞什么？”妈妈走进厨房，正看到儿子在自己的电脑上鼓捣。

“附加分的家庭作业。”

“附加分？这学期本周就结束了啊。”

“那又怎样？”

“我看你是在我电脑上玩《梦幻餐厅》吧？”

“没有啦，我在写作文。是写雷蒙赛罗先生搞的那个新图书馆的，就是市区那个，可厉害了。”

“哦，蛮有趣的嘛。广播都讲了，说是要搞个盛大的开馆庆祝晚会，本周五在帕克酒店，就是老银行大楼对面那个，哦，不对，我是说，新图书馆对面那个。”

听到此话，卡尔在邮件上又补充了一句：“附言：希望周五的晚会能布置点儿气球。”

然后点击“发送”。

“你把作文发给谁啊？”妈妈问，“给老师吗？”

“不是，发给雷蒙赛罗先生本人。电子邮箱是我在他游戏公司的网站上找到的，花了点儿功夫，不过还是找到了。”

“真的啊？厉害哟。”妈妈抚摸着他坐的椅子，“今早我还在跟你爸说，论聪明，卡尔不输给科提斯；论专心，也不比迈克差，只要下定决心，没什么事做不成。”

卡尔笑了：“谢啦，老妈。”

不过他马上就笑不出来了——只听“梆”一声，电脑提示有新邮件。

发件人是雷蒙赛罗先生。

不过，这是一封自动回复的邮件。

亲爱的雷蒙赛罗游戏玩家：

本邮件发自“无应答”邮箱，您的邮件没有发送成功。请勿再次发送，否则只会再次听到本邮件提示音“梆”。感谢你选择我公司的游戏。

夏季读书计划

Mr.Lemoncello's Library

周二上学，卡尔心里清楚，要勇敢点儿，要表现得若无其事。

一大早，他和全班同学一起往礼堂走，脸上带着笑容，去参加专门召开的大会。会上，路易吉·雷蒙赛罗先生将亲自宣布图书馆作文比赛的获胜者。

“希望你能入选。”卡尔小声对雅美说。

“多谢。我也希望能入选。不过，夜游图书馆没有你，就不好玩啦。”

“咳，等活动结束，图书馆正式开放了，你再带我去参观也不迟。”

“一定一定。要是我能获奖，一定带你去。”

“要是你落选——我就派一只火焰松鼠，去找卡梅隆老师的麻烦。”

大会上，所有七年级学生——大多十二岁——都被安排坐在前排，离舞台很近。卡尔稍稍觉得宽慰一点儿，至少能近距离瞧瞧雷蒙赛罗先生本人。

可惜，他的偶像压根儿就没在台上。

台上只有校长、校图书馆的杨瀚夫人，还有一位红头发女士，穿着高跟鞋，不知道是谁。这位女士坐姿笔挺，仿佛有人正拿着把尺子从背后在给她量西装似的。一身亮红的职业装，连戴的眼镜都是亮红色的。

“那不是雅尼娜·齐琴科博士嘛！”米格尔脱口而出。他就坐在卡尔右边。

“是什么人？”雅美坐在卡尔左边，问道。

“全世界最牛的图书馆馆长！无人不知，无人不晓啊！”

“同学们！”舞台上校长开始讲话了，“大家安静！下面，我非常荣幸地向大家介绍，亚历山大市新公共图书馆馆长：雅尼娜·齐琴科博士！”

众人纷纷鼓掌。一身红装的高个子女士大步走到话筒前。

“早上好。”

她的声音有些粗，还带点儿俄国口音。

“十二年前，本市唯一的公共图书馆被拆除，就为了腾出地方，修建一座升降式停车场。那时候，很多人都说，网络如此发达，老套的图书馆已经过时了。他们说，盖停车场，能吸引人们去老银行大楼附近的精品店和时装店购物。于是，十二年前拆掉了图书馆，而你们很多人今年正好十二岁，也就是说，十二岁的同学们，你们长这么大，市里都没有一个公共的图书馆。”

说话间，她低头看了看前排的学生。

“正因如此，今年我们将推行一个夏季读书计划，作为启动仪式，我们将挑选十二位十二岁的同学，去雷蒙赛罗先生了不起的新图书馆一探究竟，大开眼界。当然，参加的同学们需要征得父母的同意，我们会准备好相关文件让你们带回家给爸爸妈妈看。你们还要自备睡袋、牙刷，还有——拜托——带些换洗衣服。”

说着她突然神秘兮兮地一笑。

“建议大家带两套内衣。”

好吧，卡尔想，这有点儿诡异。这图书馆馆长这么有名，难不成她认为七年级的学生还不会自己上厕所？

“图书馆里可以看电影，有吃有喝，可以玩游戏，还有奖品。哦对了，十二位参加者，每位都将获得五百美元的礼品卡，可以购买雷蒙赛罗公司出品的游戏和装备。”

天啊！五百美元的游戏和装备！卡尔懊恼地坐回椅子里。下次再有附加分的作文，他一定老早就交！

“下面开始宣布获胜者名单，有请——新图书馆项目的主导者，游戏大师——路易吉·雷蒙赛罗先生！”

齐琴科博士朝左边一指。

全场齐刷刷朝左望去。

有人鼓掌，有人欢呼，有人吹口哨。

可没见人出来。

掌声逐渐退去。

就在此时，卡尔听见舞台另一边传来怪异的声音。

听着既像打嗝，叽叽呀呀的又像是挤压发声玩具。

十二张读者证

Mr.Lemoncello's Library

就在舞台另一边，突然从幕布后出现一只鞋，还不是普通的鞋，样子像一只剥开的香蕉。

鞋一落地，就听见打嗝声和嘎吱声。

接着，第二只鞋也这么怪声怪气地出现在舞台上。卡尔抬头一望——正是雷蒙赛罗先生！只见他胳膊腿儿松垮垮、软趴趴的，穿一身三件套礼服，戴一条亮红色领带，黑色的宽边帽斜斜地戴着，满头卷卷的白发。卡尔坐得很近，他看到雷蒙赛罗先生漆黑的眼睛里，闪着狡黠的光芒。

雷蒙赛罗先生小心翼翼地朝讲台走去，脚上蹬的那双鞋不停地发出打嗝声和嘎吱声。他踩的力度不同，鞋子的音调也不同。中间他还即兴来了几下爱尔兰舞，小跳了一下，接着来了个篮球的假步法——你没听错，那双鞋吱吱嘎嘎的，居然演奏出一首歌：

“鼬鼠跳啊跳！”

踩着最后一个“跳”字，雷蒙赛罗先生从舞台后一跃而出。

全场同学都惊呆了，一阵狂欢。

雷蒙赛罗先生彬彬有礼地一鞠躬，温和地道谢：

“多西，多西！三克油，三克油！”

他探出身，嘴巴紧贴话筒，距离不到一英寸。

“古德猫宁，童鞋们！”他羞怯而缓慢地说，“厄滴粑粑麻麻，教厄说英语，就四介个味儿。”

说完他扭了扭耳朵，身体挺直。

“不——过——呢，”他突然口齿清晰起来，“后来我去亚历山大市公共图书馆，那里有位了不起的图书馆员，名叫盖尔·托本。她教我讲的英语，是这种味道的：‘if two witches were watching two watches, which witch would watch which watch?’[1] 怎么样？我还能倒立着说，还能潜到水下说，不过今天就不表演了，因为这身衣服刚干洗过，别再给弄湿了。”

雷蒙赛罗先生乐呵呵的，像只蚂蚱，从舞台一边蹦蹦跳跳到另一边。

“好了，孩子们——叫你们孩子没问题吧？没办法，只能这么叫，因为我还记不住你们的名字，不过我一直在用心记。大家猜，在这座精彩绝伦的新图书馆里除了无所不有无所不包别无所求的知识以外还有什么难以置信叹为观止妙不可言的东

[1] 英语绕口令，字面意思是“两个巫婆盯着两只表，哪个巫婆会盯着哪只表？”。——译者注

西呢？”

没人应答。他这一通叮叮咣咣，一长串词儿，听得大家一愣一愣的。

“有什么呢？给你们几个选项啊：A. 阅览室里，机器人不声不响，飕飕地忙着往书架上放书；B. 数字学习中心里，六十台等离子电视，连着飞行模拟器和寓教于乐的电子游戏；C. 大穹顶上，十面巨型屏幕环绕，让人感觉置身于火箭之中，轰隆隆飞向太空！”

“游戏室！”有人喊了一句。

“机器人！”

“大穹顶！”

雷蒙赛罗先生箭步跑回舞台，对着话筒喊了一声“嘟”。

“抱歉，答错了。正确答案是 D——以上全都有！”

全场沸腾起来。

雷蒙赛罗先生转身面朝自己的馆长。

“齐琴科博士，麻烦您，帮我派发咱们首批十二张读者证，好吗？”

是时候了，要宣布作文比赛获奖者了。

齐琴科博士把一沓卡放在雷蒙赛罗先生面前的讲桌上，崭新的十二张。

“同学们，”他说，“念到谁的名字，请上台来。米格尔·费南德斯！”

“到！”米格尔“噌”一声站起来。

“雅美·休斯。”

“好耶！”

见到自己朋友首先被选中，站在台上，卡尔非常高兴。

“安德鲁·派克曼、布里吉特·魏杰、茜拉·罗素、叶思曼·史密斯－辛德。”

听到自己的名字，叶思曼一阵尖叫。

“肖恩·基根、海莉·戴利、萝丝·沃米特、凯拉·考森。”

十位同学都跟卡尔一样的年纪，他们可以走上台去，站在自己的偶像雷蒙赛罗先生身旁，可卡尔不在其中。还剩下两人没宣布了。

雷蒙赛罗先生好像猜到他想什么一般，对大家说：“还剩两人。”他手里拿着两张读者证，在讲台上轻敲。“查尔斯·齐灵顿。”

“老天，我没听错吧？”查尔斯一跃而起，冲向舞台，抓住雷蒙赛罗先生的手，上下摇个不停。“多谢您，先生！太荣幸了，真是太荣幸了！发自肺腑感谢您！”

“也谢谢你，查尔斯。可以放开我的手了吗？还有最后一张卡，我还得翻过来看呢。”

“当然，当然。非常期待去您的图书馆度过一夜，哦，我是说您的‘册府’。正如我作文里说的，开卷有益，开阔思维。”

马屁拍了半天，查尔斯终于放开雷蒙赛罗先生的手，去和其他获胜者站在一排了。

“最后一位，与之前诸位同样优秀，”雷蒙赛罗先生念道，“卡尔·凯利！”

卡尔不敢相信自己的耳朵。不会是做梦吧？

可是雅美已经在冲他挥手，让他上台去！

卡尔走上台去，与其他十一位同学站在一起，只觉得晕头转向。雷蒙赛罗先生递给他那张读者证，正面印着他的名字，还有数字“12”，背面印着两本书的封面，一本是《我爱你，臭臭脸》，一本是《打瞌睡的房子》。

“来来来，大家一起合个影。”校长说。

大家纷纷摆好姿势，准备照相。卡尔这才发现，自己正好站在雷蒙赛罗先生身旁。

他猛咽了一下口水，对雷蒙赛罗先生说：“先生，我是您的头号粉丝。”声音都在颤抖。

“非常感谢！恕我记性不好，你是？”

“我叫卡尔，先生。卡尔·凯利。”

“哦，对！卡尔，我一向认为，不到最后，不应言败，你就是最好的证明。还记得吗，发邮件时那一声‘梆’？”

全家最嗨的游戏之夜

Mr.Lemoncello's Library

卡尔急不可待地要告诉家人这个好消息。

“作文比赛我获奖啦！”他把那张崭新的读者证拿给大家看。

“恭喜呀！”妈妈说。

“好儿子！”爸爸说。

至于两位哥哥迈克和科提斯，他们对另一张卡更有兴趣：五百美元的雷蒙赛罗礼品卡！

“有效期整整一年！”卡尔说。

“还是现在就用吧，”迈克说，“今晚就去店里，我要买雷蒙赛罗公司出的那款《搞怪曲棍球》。”

“买不了。”

“为什么买不了？”

“要本人拿读者证去兑换现金的。”

“那又怎样？”

“喂，我好像是不准出门的哦。”

听到这儿，爸爸发话了。“卡尔，”他看了看卡尔的妈妈，她点了点头，“既然你特别努力，作文又写得漂亮，我们可以考虑一下，暂缓对你的惩罚。”

“真的？”

“真的。”爸爸妈妈微笑着回答。

那笑容很熟悉，每次迈克踢足球赢了，或者科提斯在科学大会上获奖，他们的脸上，就会出现这种笑容。

吃完晚饭，一家五口驱车朝玩具店开去。

“雷蒙赛罗公司出的这款曲棍球游戏实在是太绝了，”路上迈克还在憧憬，“特别是企鹅大战北极熊。”

“我想买一款经典桌游，”科提斯则思索良久后说，“也是雷蒙赛罗先生出的，叫《惊奇烧脑搜经狂》。”

“哦，关于《圣经》的？”爸爸一边开车，一边问。

“不算是，”科提斯回答，“不过说起来，《圣经》也算是游戏里的宝藏之一，必须要找到，尤其是古腾堡的版本，更为稀有。这款游戏的目的就是去收藏稀有罕见的、价值不菲的珍本图书——”

他还没说完，就被迈克打断了：

“我讲的企鹅，可不是 NHL [1] 里面的匹兹堡企鹅队哦，是货真价实的企鹅！南极的！还有北极熊，也是真的，阿拉斯加的！”

[1] 全美曲棍球联赛（National Hockey League）的简称。——译者注

卡尔已经想好了，把礼品卡一分为五，每人分一百美元，包括爸爸妈妈，随便他们怎么花。

一进玩具店，全家人便分头行动，每人推着购物车，各自在货架之中搜寻。妈妈打算把自己的游戏升级，买一款雷蒙赛罗公司出品的《饭店狂奔》。爸爸在找一款历史游戏，特别复杂，也是雷蒙赛罗公司出的，叫《假设无极限》——比如："假设罗马人打赢美国内战？"

卡尔跟两位哥哥逛了一会儿。揣着礼品卡，他瞬间感觉自己是大哥了。

迈克很快找到了那款曲棍球游戏，是PS游戏。而科提斯最后终于找到了《惊奇烧脑搜经狂》，那颗书呆子的小心脏几乎要蹦出来。

"终于被我抢到了最后一副！"科提斯脱口而出。他一把撕掉外包装塑料，拧开盖子，就在玩具店里的地上一坐，展开游戏板，放在大腿上。"瞧，就从这座圆形的阅览室开始，然后上楼，楼上一共有十个房间，要一个房间一个房间地进去，在每个房间找到一个问题，每个问题的内容都和一本书有关……"

"呃——好像妈妈在叫我，"卡尔说，"肯定是问我要礼品卡。你先慢慢玩！"

说完他就溜了。

"本店营业时间还剩十五分钟。"天花板里传来广播声。

卡尔在货架中穿梭寻找，找了两款自己没买过的桌游，其中一款叫《难以置信的铁马》，也是雷蒙赛罗公司出品的，玩家可以自己创建跨洲铁路，游戏还带有全套火车头组件，居然还能像真火车头一样喷气。

卡尔心里默算，自己的一百美元还剩多少。这时，他撞见了查尔斯·齐灵顿。查尔斯也在玩具店里推着购物车来回穿梭。他的购物车里的游戏堆得像小山一样，几乎要漫出来。全是游戏，那五百美元的礼品卡，他一分也没想剩！放在最上面的一款，摇摇晃晃差点儿要掉下来的，正是雷蒙赛罗公司出品的《看图猜词》。这也是卡尔最爱的游戏之一。

“凯利，你好哇！”齐灵顿得意洋洋，一脸傻笑。他低头看了一眼卡尔车里放的三款游戏。“刚开始？”

“哦，不，我的卡跟家里人分着用了。”

“真的吗？咳，现在傻了吧你。”

卡尔还没来得及回答，齐灵顿就来了一句：“我走了，咱们周五见。”可能后面还加了两个字——“废物”，不过卡尔没听清。

玩具店快关门了，卡尔赶忙冲向收银处，路过顾客服务部时，他看见海莉·戴利了。

“不！”只听她正跟“退货”窗口的员工说，听起来很着急，“我不要退货换积分购物，我就要退现金。”

卡尔终于找到了自己的家人，他们在排队付款。他向收银员出示了自己的读者证，然后拿起礼品卡潇洒地一刷，帮大家一起买单。

一家人走向停车场，路上爸爸说：“喂，卡尔，妈妈和我都为你骄傲。写篇好作文不容易。”

“说不定你以后能成为作家呢。”妈妈加了一句，“到时候你写的书，就会放在新图书馆的书架上啦。”

科提斯怀里紧紧抱着自己的《惊奇烧脑搜经狂》游戏，对卡尔说：“谢谢啦，老弟！”

“没错，”迈克接着说，“太爽了。神队友啊，全靠你了。”

“全家最嗨的游戏之夜，没有之一。”爸爸也开起玩笑来。

这一刻卡尔风光八面，感觉自己像圣诞老人一样。他很享受这种感觉。不过，这一周好像过得特别慢，心里期待的那个周五晚上，去图书馆夜游的周五晚上，也跟圣诞节一样，仿佛怎么都等不来。

一直过了好久，好久，终于等到了这一晚。

10

图书馆开馆晚会

Mr.Lemoncello's Library

“这才叫晚会嘛！”卡尔妈妈不禁自言自语道。她拿起一只培根卷虾，正往嘴里送。端虾盘过来的服务员，穿一身体面的燕尾服。

今晚是“雷蒙赛罗图书馆盛大开馆晚宴”。帕克酒店的宴会厅里，各界来宾济济一堂，卡尔和父母也在其中。帕克酒店的位置，隔着马路正对着老金叶银行大楼，对面还有写字楼、工艺品店、时装店之类的，另外还有一家饭店，名叫“老城饭店”。

“我去找找雅美。”卡尔跟爸妈说。

“替我们恭喜她！”妈妈说。

“对，为她骄傲！”爸爸补充道。

卡尔穿过衣冠楚楚的人群。

因为来参加晚宴，所以爸爸妈妈穿得也很花哨，不过卡尔自己的衣着却“舒适，适合探险”——周三他收到一份《图书馆夜游注意事项》，里面是这样要求的。于是他带了睡袋，还有一个小箱子，里面有一套换洗衣服和洗漱用品，还有——没错，多带了一套内衣，跟之前交代的一样。

忽然，墙角窗帘旁，卡尔发现茜拉·罗素正一个人待着。看样子，她妈妈没陪她来。不消说，茜拉正捧着本书聚精会神地看。卡尔不禁摇了摇头——这娃真够憨的，今晚要在图书馆里过夜，整栋楼里到处都是书，这会儿还不吃饱喝足尽情玩乐，居然还在争分夺秒地看书！

海莉·戴利今晚穿得光彩照人，她摆出各种姿势，面前是各种长枪短炮一字排开，对着她猛按快门。戴利太太也来了，趁相机聚焦在女儿身上，她忙着拿纸巾卷好两根烤鸡肉串，以迅雷不及掩耳之势塞进自己包里。

接着，卡尔看见了查尔斯·齐灵顿。倒霉家伙，估计他没看到《图书馆夜游注意事项》里关于“舒适着装”的提醒——居然还是平时那身衣装！卡其裤子，端正的上衣，跟他爸爸简直一个形象。卡尔暗想，齐灵顿家里这种起褶灰色长裤，估计得有三百条。

“喂，卡尔！”是雅美，正跟他招手。她身边是一丛假草，做成卷卷吸管的样子。

“喂！”卡尔回应。

“没忘带你的读者证吧？”

“没。”卡尔从口袋里抽出卡来。

“咦？”雅美说，“我的读者证背面，是不同的书哦。一本是苏斯博士的《一条鱼 两条鱼 红色的鱼 蓝色的鱼》，一本是 J.

D.塞林格的《九故事》。”

“估计跟棒球卡差不多，”卡尔说，“每张卡都不一样。”

“喂喂喂！”米格尔·费南德斯推开人群挤到他俩面前，看上去比平时还要兴奋（想想得有多兴奋）。“你俩尝过这个膨膨的东西没？奶酪味儿的。”

“我还是算了，”卡尔说，“我只吃认识的东西。”

“什么膨膨的东西，那叫爽口奶酪小馅饼。”一旁接话的是安德鲁·派克曼。

“呃——好吧，长见识了。”卡尔说。

这时一位侍者走过，手里端的盘子上满满的都是小盒子，里面装的是雷蒙赛罗先生特制的字谜饼干。

“咦？好东西哦。”卡尔说。他拿了一盒打开。“饼干做成字母的形状，吃之前要看看能拼出多少单词。”

“好玩，”米格尔一边说，一边从盒子里抓了一把饼干，“还很好吃呢！”

“没错，”卡尔回答，“不过，你吃掉得越多，游戏就越难玩了。”

“为什么？”安德鲁问。

“字母少了啊！”雅美回答。她抓起两个字母B，一个字母Q，吞了下去。“嗯……还是烧烤味儿的。”[1]

卡尔把剩下的几块饼干摊在手里一看，还剩U、N、F、E、H、A、V。略一思索，他笑了。答案很简单：“HAVE FUN[2]，

[1] BBQ是烧烤之意。——编者注
[2] 意为“玩得开心”。——译者注

有趣。”

“女士们，先生们，孩子们！”是齐琴科博士。她还是一身亮红色的正装，依然大步流星，来到宴会厅中央。“请大家安静。雷蒙赛罗先生马上就到，他会简单说几句，然后我会陪同十二位作文比赛获胜者一起到马路对面的图书馆去。所以呢，孩子们，我建议大家还是先填饱肚子，图书馆里大部分地方都是不允许吃喝的，只有一个地方可以，就是一楼的图书角餐厅，位置也比较方便。”

说话间，米格尔已经抓了几个膨膨的奶酪小馅饼。

同时，戴利太太趁人不注意，又拿纸巾包了一大把培根卷虾，塞进手袋。

雅美则轻轻咬着嘴里几块巧克力口味的椒盐饼条。

“你怎么不多拿点儿吃的？”她问卡尔。

“不用了，我只爱能吃又能玩的东西。”

“最后一条，”齐琴科博士宣布，“我们当然希望所有获胜者今晚都玩得开心，不过呢，还是希望大家能遵守我们这里的规矩，头一条就是：请注意温和有礼。不光是同学之间温和有礼，而且图书馆里的书籍和展品，也要轻拿轻放。大家能做到吗？”

“能！”所有获胜的同学异口同声，只有一个例外，就是查尔斯·齐灵顿。他偏要说：“毋庸置疑。”

“还好，图书馆里有字典，”雅美嘟囔了一句，“要不真不知道这家伙满嘴讲的是什么。”

突然之间，宴会厅里的大人都开始鼓掌。

原来是雷蒙赛罗先生从侧门现身了。他身穿细长的燕尾服，头戴一顶消防帽，小小的，像生日派对上孩子戴的那种，整个人好像一根竹竿，大踏步地来到中央。

“谢谢大家！谢谢各位！”他一边说，一边不断收紧帽子上的松紧带，结果帽子越来越高，越来越歪，遥指人群。

最后他终于拿掉帽子，“啪”的一声，往后一弹。

“刚才齐琴科博士已经告诉大家了，我有几句话简短地跟大家说，什么话呢，就是这几句：简短、备忘录和内裤。好了，我们停一下，一起回顾苏斯博士的话吧：读书越多，视野越广，知识越多，见识越多。孩子们——”

他使劲儿朝宴会厅的大门一挥手。

“该去对面啦！不可思议叹为观止的新图书馆，静待你们去探险！”

初探图书馆

Mr.Lemoncello's Library

十二位作文比赛获胜者争先恐后地聚集在齐琴科博士身后，都急着到新图书馆一探究竟。

“这边走，孩子们。”齐琴科博士说，“跟我来。”

十二个人拖着睡袋和行李箱，在人群的欢呼声中，昂首阔步地走出宴会厅。队伍来到酒店大堂，引起更大的一片欢呼，其中还夹杂着几声尖叫，最后大家穿过旋转门，来到大街上。

对面就是新图书馆了。这座巨大的建筑占了半个街区，金色的穹顶熠熠生辉，背面紧挨着一栋老式建筑风格的写字楼。图书馆有三层高，整个造型四四方方的，宛如一座堡垒。外墙没有窗户，用油漆涂了图案，远远望去好似一排巨型书摆在书架上，而图书馆两边宏伟的石柱，就是书挡。

“真壮观，像希腊神庙。”米格尔不禁叹道。

“简直是世界上最大的书架。”茜拉说了一句。她终于放下手中的简装书了。

主大街上用绒绳隔出一条通道，红地毯通向图书馆，沿着地毯一路向前，走上台阶，面前就是图书馆的拱形入口。至于大门——不开玩笑——竟然是由钢铁铸造的！而且还是圆形的。

往台阶两边扶手一看，卡尔不禁莞尔——上面系的都是气球！

图书馆门前赫然站着一名保安，是一位彪形大汉，估计得有两百多斤，戴着墨镜，身穿黑色运动衣，满头长长的雷鬼辫。那扇圆形大门上装了巨大的阀轮，跟潜水艇舱门上那种类似。

“这门是怎么回事？”海莉不禁问道。她已经挤到队伍前面。“搞得好像银行金库。”

“没错，这正是以前金叶银行金库的大门，”齐琴科博士回答，“足足二十吨重。”

雅美转过来低声说：“入口的承重结构是我爸设计的，你瞧瞧那铰链。”

卡尔点点头，他真是被震住了。

“为什么要用金库大门？”凯拉问。

“是这样，”齐琴科博士回答，“雷蒙赛罗先生像你们这么大的时候，在市场街的旧图书馆打工。有一个周六，在大家都昏昏欲睡时，老银行里的警报拉响了，警车一路呼啸着赶去银行，正路过图书馆，可是雷蒙赛罗先生当时正在思考问题，居然连警笛声都没有听到。所以这扇门的意义，就在于提醒我们：在图书馆里思考，是最安全的，因为就算有人抢银行，我们也不会受到干扰。”

米格尔点头如捣蒜一般，对此他有真情实感。

“最珍贵的东西，放在图书馆里最安全。”

“这栋楼也没有窗户，”安德鲁发现了，“可能是为了提防银行劫匪。不过，既然改建成图书馆了，为什么不加装窗户呢？”

“图书馆不用装窗户，安德鲁。图书馆里有什么？书。而书是通往世界的窗户，是我们意想不到的窗户。”

“翻开书本，就是敞开心灵。”查尔斯加了一句，“这话我也常说呀。”

齐琴科博士抽出一张亮红色的记事卡，冲大家读道：“进去之前，请听好：无论有何需要，各位都可以使用自己的读者证。还有，不管要找什么，图书馆工作人员都会提供帮助。”

她微微一笑，把卡片塞回口袋，转头对那位保安说：“克莱恩斯，由你来开门吧？”

“荣幸之至，齐琴科博士。”

名叫克莱恩斯的保安，先转动一个巨大的阀轮，然后是第二个，最后是第三个。

就这样，二十吨的大门，悄无声息地缓缓开启。

门后就是白色大理石大厅，亮堂堂的气度不凡。卡尔最先注意到的，是大厅中的一座喷水池。十英尺见方，池水很浅，清澈晶莹，水池中央是座雕塑，造型正是雷蒙赛罗先生，他站在睡莲之上，与真人一般大小，脑袋向后仰起，水就从他嘴里喷出来，呈弧形落入池中。

雕塑的基座上还刻了一行字：“知识若不分享，便是未知——路易吉·L. 雷蒙赛罗。”

喷水池另一边是一条拱廊，看得到拱廊之外是一个巨型大厅，里面满满都是书桌。

所有人都进入大厅之后，齐琴科博士对那位保安示意：

“克莱恩斯？”

于是克莱恩斯又把沉重的铁门关上，只听见轮子转动声，齿轮咬合声，接着是一声金属闷响，带着回声。

“哇，”米格尔咋舌道，“还真是被锁定了。”

“我去中控室待着，齐琴科博士。”克莱恩斯说。

“很好，克莱恩斯。”

保安消失在一扇红门之后。

“好了，孩子们，”齐琴科博士说，“大家请跟我来，咱们去圆形大厅。”

众人先后进入巨大的圆形大厅，卡尔注意到红色大门旁边有一个展示书架，上面写着“馆员推荐图书：过目不忘”。

书架最底层中间一本书的封面，吸引了卡尔。上面是一位橄榄球运动员，身穿19号球衣，正在传球。书名叫《渐入佳境：强尼·尤耐塔斯和我》。卡尔暗暗记下这个书名，明早离开时，他要用自己的读者证借这本书，给哥哥迈克看。

“哇！”

走进圆形大厅，大家抬头往上看时，个个咋舌不已。从底下望去，好像哈勃望远镜里的景象，太空浩渺，星辰旋转，银河璀璨，更有流星不时划过。

“嗷！”

穹顶的太空突然变幻，化为十块屏幕，显示出各种不同的图案，令人眼花缭乱。

“那是杜威十进制图书分类法。”米格尔小声说，听起来充满敬畏，“瞧见那块屏幕没？上面有埃及女王，有人爬山，还有维京海盗的？那块代表分类号 900 到 999，也就是历史类和地理类图书。”

“真帅。”卡尔回答。

十块屏幕下方，拱形的壁龛上，是 3D 的雕像，泛着森森绿光，看起来令人难以置信。

“要我说，那些都是全息投影。”安德鲁一边说，一边朝其中一个雕像挥挥手，而那雕像竟然也朝他挥了挥手。

穹顶之下，整个大厅也是圆形的，巨大无比。正中间是一张圆形的阅览桌，周围都是书桌，整整围了四圈。

整个圆形大厅的围墙上，一半摆着书架，从地面一直延伸到天花板，另一半墙面，在二楼和三楼分别是大平台，其造型让卡尔想到之前一家人一起去过的某个酒店中庭。

正当孩子们对圆形大厅如醉如痴时，齐琴科博士终于发话了，她的话，卡尔已经等了一整天：

“好了，同学们，准备好开始今晚第一个游戏了吗？”

12

第一位赢家

Mr.Lemoncello's Library

“请大家排好队，站在那边那张桌子后，就是儿童阅览室门口。”齐琴科博士指着最外圈的一张实木阅览桌说。

“有谁玩过雷蒙赛罗先生设计的经典桌游《跑跑向上冲》？”

十二人齐齐举手。

“好极了。”齐博士说。

大穹顶仿佛听见她的话一般，立刻展现出巨大的弧形游戏盒顶。

“现在玩的游戏，就是现实版、3D 版的《跑跑向上冲》。每人都要回答一个问题，如果答对了，就可以掷一把骰子，按骰子的数字，前进几张阅览桌。等到绕一圈回到原位时，就可以进入里面的一圈书桌。完成里面一圈书桌以后，再往里一圈，以此类推。谁首先前进到阅览室中央，我的那张桌子，谁就是赢家。”

“可是没有骰子啊。”叶思曼说。

“有的。看到阅览桌中间那块灰色玻璃板了没？其实那是个触屏电脑，正在运行掷骰子的程序。大家只需用手在屏幕上划一下，手指一扫，就可以掷骰子，是虚拟的骰子。”

齐琴科博士把一沓红色卡片放在自己桌上，那样子像极了电视节目主持人。“好，下面我们就正式开始，还有没有其他问题？”

查尔斯举起了手。

“有问题吗？齐灵顿先生？”

“是。赢家的奖品是什么呢？玩游戏，最重要的是奖品吧？”

这话卡尔不完全同意，不过他这会儿心里正兴奋得紧，也没想反驳。

“今晚的第一份奖品，”齐琴科博士回答，“就是这把金钥匙。有了这把钥匙，就可以进入雷蒙赛罗先生的豪华私人卧室，配备真皮软床，七十二英寸大电视，还有最新最酷的游戏主机。今晚赢家可以尽情享用，不必裹着睡袋睡地板啦。”

妙极了。对这份奖品，卡尔绝对是兴趣十足。

周围众人“哇”声一片，看来大家都一样兴趣十足。

齐琴科博士翻过第一张问题卡。

“职业棒球联盟投手，在一赛季连续获胜三十场，最近取得如此成绩的是哪位？”

前面有六位同学回答，可是都答错了。轮到卡尔，他回答：

“丹尼·麦克兰。”

“正确。”

卡尔在屏幕上一划，掷骰子掷了个“10”。他绕着外圈移了十张桌子。

“哪艘美国海军军舰曾经被朝鲜俘获？”

这题米格尔搞定了。“普韦布洛号。”他凭这道题前进了十二步。

“‘阿波罗八号’的突破性成就是什么？”

这一题难住了雅美、安德鲁和凯拉。

不过查尔斯知道答案：“‘阿波罗八号’是第一艘环绕月球轨道的飞船。”

“正确。”

查尔斯掷了一个“5”，排在最后。

卡尔的第二个问题有点儿难度。

“经典台词‘把疑犯造册收押，丹农！’是谁说的？”

“唔……就是《天堂执法者》[1]里的那个。”

“回答得具体点儿。”

“嗯……就是那个头发油光发亮的……杰克·罗德？”

“回答正确！”

卡尔长舒了一口气——还好，他常跟爸爸一起看60年代的那些老电视剧。

问题是答出来了，可掷骰子时，他却走了背运，只掷了“2”点，只能移动两步。

接着米格尔也倒在一道关于芭芭拉·史翠珊[2]（这个人到底

[1] 美国20世纪六七十年代的经典电视剧。——译者注
[2] 美国知名影星。——译者注

是谁，卡尔也不敢肯定）的题目上。

而查尔斯则领先了。他的问题跟甲壳虫乐队的名曲《嘿，裘德》有关，他答对了，而且还掷出了两个“6”，一共12点。

游戏继续，只剩下卡尔和查尔斯两人。两人答题都没有失误，一路前进，最后都坐在最里面一圈书桌前，离齐琴科博士的桌子——也就是最后胜利——只差六步了。卡尔这会儿真心庆幸，自己陪妈妈玩了那么久《打破砂锅问到底》，不过他们玩的是原版的，都是老掉牙的问题。

“卡尔，接下来的问题是给你的：电影《怪医杜立德》里，哪首歌得了奥斯卡奖？”

卡尔眯眼想了想。这电影他有，是老早以前的录像带，是妈妈在一次邻居卖旧货时买的，家里没有录像机，没法儿看，倒霉。不过，就算没看过电影，录像带盒子他也从前到后仔细看过。

“嗯——《跟动物聊天》？”

“回答正确。”

卡尔长出一口气。

“请掷骰子，凯利先生。”

卡尔在屏幕上划了一下。

又是两个“1”点。他向前两步，离终点只剩四步了。

“好，齐灵顿先生，下面轮到你答题：1968年当选的总统是谁？”

“答案是：理查德·米尔豪斯·尼克松。”

“回答正确。”

不消博士说，查尔斯已经动手掷骰子了，只见他手指在屏幕上一划。

“耶！又是两个‘6’点！”他沿着最后一圈书桌前进，一边走一边轻敲身边的桌面记数，其实人人都清楚，他要到达终点，根本就不用走十二步。

“恭喜你，齐灵顿先生，”齐琴科博士将卧室钥匙递给查尔斯，“你是今晚第一位赢家。”

“谢谢您，齐琴科博士。我深感无上荣光。”

“恭喜，查尔斯，”卡尔也向他道喜，“这场赢得漂亮！”

“不止这场，凯利，”查尔斯回答时故意让其他同学都听到，“我们齐灵顿家的，战无不胜！”

全息影像的图书馆馆长

Mr.Lemoncello's Library

接下来的景象，才真叫人目眩神迷。

通过全息影像，圆形大厅中央的书桌，突然出现了一位图书馆员，就站在齐琴科博士身边，就像《星球大战》里面，由机器人 R2D2 投射出的“莱拉公主”的影像一样。不同的是，这位女士留着很久以前的爆炸发型，戴着经典款的猫眼镜框，穿着花呢外套，胳膊肘还打着补丁。

“下面来为我们宣读今晚正式规则的，”齐琴科博士说道，“是盖尔·托本太太。她是 20 世纪 60 年代亚历山大市公共图书馆的馆长。那时候雷蒙赛罗先生就跟你们现在一样大。”

正上方的穹顶，也已经恢复了原来显示的杜威分类号系统。

“她多大了？”肖恩问。

“要是活到今天，应该一百一十岁了。”

“她已经去世了？怎么还能在这儿工作？”

“这么说吧，通过全息影像，她的精神永远与我们同在。”

“托本太太可是雷蒙赛罗先生的贵人，给他了很多帮助。”卡尔低声跟雅美说，“就是雷蒙赛罗先生小的时候。”

“哦。不过，为什么她把头发搞得像蜂窝一样？”

卡尔耸了耸肩。“电视上不就是那样么，整个60年代都有点儿奇奇怪怪的。”

“孩子们，欢迎来到未来图书馆！”闪动的影像开始说话，“齐琴科博士现在会给大家发一份雷蒙赛罗图书馆大楼的平面图，可以当作地图和指南，供大家探索这座了不起的建筑。同学们凭借手上崭新的读者证，可以在大楼内畅行无阻，只有两个地方不能进，一个是中控室，就是你们进来时路过的那扇红门，另一个，当然就是雷蒙赛罗先生的私人套房，在三楼。”

查尔斯·齐灵顿手里拿着赢来的金钥匙，晃来晃去地说：“看来，没有这个是进不去的喽。”

托本太太没有理会他。当然，托本太太只是个全息影像，不理会他也很正常。

“本馆的保安是二十四小时值班的，”她继续说道，“大家在馆期间，所有行为都有视频记录，这在各位和各位父母之前签的协议中，都有过说明。”

“我们会上真人秀吗？”海莉问道。她抬头冲一个小小的摄像头笑笑，摄像头上的红灯正在闪动。

“这完全有可能。”齐琴科博士回答。

“我喜欢看电视。”托本太太森森地又说话了，“最喜欢的节目是《罗文和马丁笑谈》——下面继续讲规则：在馆期间，严禁使用任何个人电子设备。”

这时候，保安克莱恩斯走进圆形大厅，另外还有一位保安跟他一起，两人长得像双胞胎一样，每人拎着一个铝制的公文箱。

“请大家把所有手机、iPod、iPad 都放在克莱恩斯和克莱门特先生手中的箱子内。别担心，在馆期间，大家的设备绝对安全，活动结束，就会发还给你们。大家可以使用本阅览室的桌面平板电脑来浏览图书分类，或者上网搜索资料，不过本室设备无法接收或发送电子邮件，也无法接收或发送文字信息——不管什么信息。大家记住，我是 1973 年退休的，那时候人们还在用纸和笔呢。好了，下面由齐琴科博士为大家讲解图书馆布局。”

孩子们都把手中的图纸展开。

“大家都看到了，”齐琴科博士说，“小说类书籍，都在本阅览室内。那边，带隔音墙的房间，是儿童游乐室。这一层还有两间会议室，会议设备一应俱全。那边窗帘拉下的窗户后面，还有一间名叫图书角的餐厅。楼上第二层，大家会发现有十扇门，分别以数字命名，每扇门背后，都是书籍和知识，而且——都是按杜威分类法排架的。”

卡尔举手提问。

“有问题？”

“数字学习中心在哪儿？”

齐琴科博士笑了。“在三楼。三楼还有桌游室、艺术和工艺品阅览室、IMAX 影院，以及雷蒙赛罗纪念展厅，还有——”

“我们能不能上三楼去玩？”布里吉特急不可耐地问道，“我要去试试太空飞梭模拟器！”

“我想学开车！”肖恩嚷嚷，“开赛车！”

“我还要和亚历山大大帝一起征服世界呢！”叶思曼说道。

看起来，人人都心里有数。跟卡尔一样，大家都已经翻看过平面图背后的信息——“教育游戏软件列表”了。

“今晚的第二轮奖品，就是获胜者可以优先进入数字学习中心。”齐琴科博士说道，“我们已经事先准备了甜点，就在大楼内，要想取胜，大家要利用图书馆的资源，找到甜点。最先做好功课找到甜点的，就最先获准进入数字学习中心。同学们，发挥你们的聪明才智，好好利用图书馆的资源，去寻找甜点吧！”

人人都在阅览室里跑来跑去，找到张单独的桌子就坐下来，开始在桌面镶嵌的电脑屏幕上点来点去。

只有一个人例外，就是茜拉·罗素。她就在屏幕上扫了两下，然后拿支短粗的笔在一张纸条上写了几笔，然后就走开，跑去阅览室后墙边三层楼高的弧形书架那儿端详了起来。卡尔正看着她，只见她走上一个小台子，带把手的那种，有点儿像老年人助行器，前面还装了一个小篮子。

“齐琴科博士？”

“什么事，罗素小姐？”

“这东西安全吗？我要拿最上面一层的书。”

“安全的。注意把脚固定住。”

茜拉扭了扭脚，然后只听一声金属卡扣的声音。

“跟滑雪靴似的。”茜拉说。

“没错，这是滑行梯。好，现在，用键盘输入你要找的那本书的索书号，然后站稳。”

茜拉看了看手中的那张纸条，点了几下键盘。

“你所站的平台下面，是一块磁铁。”齐琴科博士解释道，“书架内部装有电磁材料做的定位条。磁铁的磁力，由磁悬浮电脑根据你输入的索书号进行调节。”

不过两秒钟，茜拉就已经升到空中，一直往左边漂移，实在是帅呆了。

“这架滑行梯用的肯定是先进的磁悬浮技术。”米格尔惊叹道。他就坐在卡尔右手边的桌前。“跟日本的磁悬浮子弹头列车一样。”

“真酷。”卡尔喃喃自语。

卡尔·凯利同学，这会儿只想好好领略一番这座图书馆——这可是破天荒头一遭。

高科技学习中心

Mr.Lemoncello's Library

“不如我们组队合作吧？”雅美走过来坐在卡尔桌边。

“什么？”

卡尔只顾盯着茜拉了。这会儿茜拉已经腾空七八米，倚着脚下漂浮平台的栏杆，完全沉浸在手中的一本书里。

“喂？喂？呼叫卡尔，呼叫卡尔！你是不是想让别人捷足先登，先去数字学习中心啊？”

“不是啊。”

“那就专心点儿！”

“好。那我们该怎么‘发挥聪明才智’呢，又如何‘好好利用图书馆的资源’呢？”

雅美朝米格尔点了点头。米格尔这会儿正在面前的电脑屏幕上飞舞着手指，点来点去。

“我看他正忙着搜索图书。”雅美小声说。

“干吗要搜书？”

“图书馆啊，可不就是搜书吗？”

“这我知道，不过我们要找的不是关于甜点的书，我们要找的是甜点啊！”

这时，安德鲁也从桌边站起，跳上精钢做的旋梯，往二楼而去。没过几秒，查尔斯也跳上旋梯，紧跟其后。

其他选手很快都跟上，去了二楼，往那些杜威分类的阅览室去了。米格尔这会儿终于从桌边跳起，朝最近的旋梯疯跑。

“伙计们，肯定在 600 那一类！”他一边跑一边冲卡尔和雅美喊。

“谢了。”卡尔回答，不过他仍然一动不动。

“所谓 600，估计是指杜威分类法里的一类吧，估计甜点类书籍就在那一类。”雅美说，“要不我们也……”

“再等等。”卡尔说。

“呃——卡尔，友情提醒，现在咱们这一层，只剩你、我，还有天上飞的茜拉啦！话说回来，茜拉也不在这一层，她在上面飘着呢。”

“别急，雅美，我心里有数。”卡尔拿出楼面图，“说不定甜点就在大庭广众之下——还记得《松鼠纵队》里的奖励码吗？跟我来。”

“去哪儿？”

“去图书角餐厅。在酒店宴会时，齐琴科博士不是说过吗？整个图书馆，只有那里才允许吃喝。”

于是，他俩慢悠悠地来到餐厅，这地方还挺惬意的。

“哇哈哈——”雅美一声欢呼。

餐厅四周也是书架，上面都是烹饪书籍，可是有几张餐桌上，摆得满满的全是盘子，盘子里正是各式甜点，饼干、蛋糕、冰激凌，还有水果！

“原来是这样，怪不得通向阅览室的窗户，窗帘拉得紧紧的。”雅美说，“就是不让我们看到这些好吃的。卡尔，真有你的！”

卡尔学着查尔斯的样子回答道：“我是凯利家的，雅美，我们凯利家族，战无不胜！哦，当然，失败时除外。哈哈！”

就这样，所有人都吃饱喝足以后，卡尔和雅美作为这一轮的赢家，得以首先进入数字学习中心。

卡尔玩了一下太空飞梭，完美降落在火星上，不过却一头栽在土星的卫星上。雅美跟保罗·热维尔[1]一起骑了骑马。然后卡尔又学开手动挡赛车，在塔拉德加[2]赛车道上过了一把瘾，同时雅美爬进一艘迷你潜水艇，跟鲨鱼、海豚和海龟同游——当然，这些动物都是水下模拟器投射到玻璃墙上的。

所有的“教育性电子游戏”都有3D视觉效果，数字环绕音效，还有一项新技术，是雷蒙赛罗先生正在开发的，叫作“味觉效果”。比如，用西哥特人攻打罗马，玩家可以闻到城市烧焦的味道，甚至还能闻到那些“野蛮人”的体臭。

一小时以后，齐琴科博士把其他人也带进了三楼的数字学习中心。在这之前，这些家伙都在标注“900”的阅览室

[1] 美国独立战争期间的英雄人物。——译者注
[2] 美国一地名，因在当地举办的赛车比赛而知名。——译者注

里一个叫“镇广场”的地方，在那儿老老实实地观看乔治·华盛顿与乔治·W.布什两位总统的辩论呢（当然都是发声机械玩偶啦）。

晚上十点，大家你推我搡地来到IMAX影院，也在三楼。影院里放的是音乐会，集合世界上最牛的音乐家，表演其经典曲目，去世的、在世的都有，用3D影像呈现。最酷的一场，是莫扎特跟“金属”乐队同台飙技。

直到夜里三点，克莱恩斯跟他的双胞胎兄弟克莱门特出现了，带大家去睡眠区。男同学就在圆形大厅旁边的儿童阅览室展开睡袋，席地而睡，女同学则去三楼的桌游室。只有查尔斯·齐灵顿一个人，可以在雷蒙赛罗先生的私人套房里优哉游哉。

这一天过得实在是太兴奋了，又吃了那么多糖，到这时候真是疲惫不堪，卡尔倒头就睡，昏天黑地。

中途他被吵醒了，是音乐声。

而且是吵死人的刺耳音乐。

听出来了，是电影《洛奇》的主题曲，就是讲拳击的那部，迈克最喜欢的。

“搞什么东东？”他咕哝着从睡袋里爬出来。

卡尔看了一眼时间，中午十一点了。估计图书馆之夜已经正式结束了，这音乐是召唤大家起床的。

音乐继续着。

“宇航员解冻估计就是用的这首曲子。”米格尔抱怨。

“赶紧关掉！”安德鲁的声音无比痛苦。

卡尔穿上牛仔裤和套头衫，摇摇晃晃地走进巨大的圆形大厅。

“齐琴科博士？”

声音在大穹顶下回响，不过没人答话。

“克莱恩斯？克莱门特？”

还是没人回答。

《洛奇》的音乐越来越响。

三楼的阳台上，雅美探出头。

“下面怎么搞的？”

“看来是想把宇航员叫起来，”卡尔回答，“月球上的宇航员。”

他来到正门后，伸手去抓把手。

把手一动不动。

他又晃了晃。

纹丝不动。

他用力晃。

还是一样。

明白了。图书馆夜游是结束了。可是他们这一帮人，却被锁在图书馆里了。

15 真正的游戏刚刚开始

Mr.Lemoncello's Library

帕克酒店会议厅，家长们都聚在这里。

“各位请入座。”齐琴科博士对家长们说。

“孩子们什么时候能回家？”其中一位学生的母亲问。

“萝丝两点还要去练足球呢。”另一位说。

齐琴科博士点点头回答：“雷蒙赛罗先生会过来——”

话音未落，房间另一头的一扇折叠门开了，这位行事怪异的大富翁走了进来。他身穿亮紫色运动服，戴着顶海盗帽，上面还带羽毛。一边走，一边啃手里一块七层的生日蛋糕。

“各位，早上好！按雷克雅未克[1]这会儿的问候方式，应该说 gott síðdegi，意思是‘下午好’，因为俄亥俄跟冰岛之间有四个小时的时差——我是怎么知道的呢？是以前在老家图书馆里跟地球仪学的。”

雷蒙赛罗先生脚下踩的还是那双香蕉鞋，一边走，一边发

[1] 冰岛首都。——译者注

出打嗝声和叽叽声。他身后的房间里，全是黑白的监控屏幕，足有几十块，看起来跟保安的监控室差不多。

“女士们，先生们，欢迎大家参加我们的活动，今天是个伟大的日子，一个喜庆的日子，我很荣幸地跟大家宣布，最为精彩绝伦、最为震撼人心的游戏，现在正式开始了！游戏就叫——‘逃出图书馆’！整个图书馆，都是游戏局，而各位的孩子，就是游戏棋子，谁取胜，谁就出名啦！”

“怎么个出名法？”一位父亲问道。

“本季所有雷蒙赛罗的产品广告，都由获胜者出演，电视里、广播上、纸媒、户外，还有玩具店里的纸板剪影上，到处都能露脸。”

戴利太太举手发问：“孩子们有钱拿吗？”

“当然啊！我出钱，就当是我送给大家的大礼。”

“那么，我们家海莉到底要怎么样才能赢？”

“先逃出来就是赢！从图书馆逃出来！看游戏名字，应该就猜到一二了吧？”雷蒙赛罗先生在自己的海盗帽上轻轻点了一下，会议厅里的等离子电视上，立刻显示出图书馆的楼层平面图。

“孩子们要利用图书馆里的资源，找到出路，逃出图书馆，谁先出来，谁就取胜。注意，不能走前门，不能走紧急出口，也不能触发任何警报，不能原路出馆。孩子们只能运用自己的聪明才智，随机应变，在蛛丝马迹中找到谜底，问题的答案就是指引，一直把他们带去图书馆的绝密出口。在此我向诸位保证，此出口绝对存在。”

满桌的家长都兴奋地骚动起来。

“当然了，这个游戏完全是自由选择，自愿参加的。”雷蒙赛罗先生说完，双手背于身后，在会议厅中来回踱步。

有几位家长拿出手机准备打电话。

“对了，请勿联系你们的孩子，鼓励他们参加比赛，请不要打电话，也不要发邮件、信息、传真，更别放信号烟雾。进出图书馆的所有通讯，都已经被切断。只有真心想留在馆内参加游戏的人，才会留下来。如果自己选择离馆回家，完全可以，还可以获得告别礼物，外加纪念品——跟我戴的这顶一样的海盗帽。而且，他们将获邀参加我明天下午的生日聚会。”他举起手中的盘子，里面都是面包屑，“我正就明早吃什么蛋糕进行取样。”

基根太太双手盘在胸前，问道：“这游戏不会有什么危险吧？”

“没有危险，”雷蒙赛罗先生说，“孩子们的一切活动，都可以通过监视器看到，图书馆的控制中心有安全人员全程监控。齐琴科博士和我本人也会在我的私人套房里通过视频监视整个游戏过程。万一发生什么事故，我们也准备了医疗人员、消防人员，还有一队前‘海豹’突击队员，他们个个勇不可当，侠义衷肠，紧急情况下，随时可以进入图书馆实施救援。这么说吧，这有点儿像《饥饿游戏》，不过不会饥也不会饿，没有弓也没有箭。”

“为什么不让孩子们玩其他的游戏呢？”一位家长问，“搞这么麻烦，有必要吗？”

“要说为什么，朋友们，是因为这十二个孩子长这么大，一直都不知道公共图书馆是什么样子，所以他们完全不知道，图书馆是多么有益、有用、有趣，这就是我刚刚创造出来的一个新的世界。通过这次机会，可以让他们体会到，图书馆不仅仅是堆满尘土飞扬的旧书的地方，更是学习的地方、探索的地方、成长的地方！”

“雷蒙赛罗先生，您这事儿干得太棒了！”一位母亲叹道。

“多谢夸奖。”雷蒙赛罗先生鞠了一躬，然后用鞋跟敲了一下地面（鞋子又发出鸡鸣一般的声音）。

“诸位如果想看看孩子，”齐琴科博士说道，“请跟我去隔壁的房间。”

“哦，对了，看孩子们怎么玩，可有意思了。”雷蒙赛罗先生说，“不过话说回来，凯利先生，凯利夫人，看来令公子不太喜欢《洛奇》的主题曲——这曲子可是我的最爱呢。”

16

松树味儿的下水道

Mr.Lemoncello's Library

《洛奇》的功效不小。

不光卡尔，关在图书馆里的十几个孩子，全被叫醒了。

连睡在雷蒙赛罗先生私人套房里的查尔斯，也起床下楼来到圆形大厅了。唯一没有跟大家汇合的，就是茜拉·罗素。卡尔想，她一定又跑哪儿找书看去了。

“我们还关在这儿？”海莉尖声问。

“弱爆了。”肖恩加了一句，“差不多十一点半了吧？我还有事呢，还要跑几个地方。”

“要我看，”卡尔说，“可能我们吃完东西，他们就把前门锁了。”

“咦，那个怪里怪气的馆长呢？”查尔斯问道。这就是他的风格，只要没有大人在场，粗鲁的样子立刻原形毕露。

“说得对，”萝丝说，“我可不能在这儿待一天，我两点还要去踢球呢。”

“兄弟们，”肖恩说，“咱可是有节目的人。”

“孩子们，有什么需要帮忙的吗？”突然有人讲话，声音温柔，充满母性。

原来是托本太太——哦，是半透明的全息影像，就是那位60年代的图书馆员。她飘在最中央的桌前，悬空几寸。

“有，”凯拉·考森说，“怎么出去？”

全息影像闪了一下，跟老式的计算器算平方根时屏幕闪动的样子一样（而且是那种被你家大哥摔过无数次的计算器）。

“抱歉，”托本太太说，“这个问题我无法提供答案。”

“请问上午有没有准备餐点？”查尔斯这会儿又恢复了彬彬有礼的样子，“我倒不饿，不过有几位亲爱的同学可能饿了，毕竟这会儿都已经十一点半了。”

“厨房的工作人员已经准备好食物，放在图书角餐厅里了。”

“谢谢，托本太太。”查尔斯说，“您想吃点儿什么吗？要不要来碗麦片？”

“不用了，谢谢你，查尔斯。我只是个全息影像，不用吃东西。”

“哦，怪不得您身材保持得这么好。”

卡尔不禁摇头，这家伙从头到脚没一点儿实在的，油头滑脑，比炸薯条还腻味，连个全息影像他也要去巴结巴结。

查尔斯和其他人一起，晃晃悠悠地吃饭去了。卡尔和雅美留在了全息影像这儿。

“唔……我想问个问题。”卡尔说。

“洗耳恭听。”

“图书馆之夜的活动是不是已经结束了？我们是不是该回家了？”

“稍后雷蒙赛罗先生会就此事知会大家的。”

“好的，谢谢您，托本太太。”

“不客气，卡尔。”

托本太太的影像关闭之后，雅美跟卡尔说：“对了，走之前，你一定要去看看我们睡的那间房。”

“就是桌游室？”

“没错。你知道为什么叫桌游室吗？因为里面满满的全是桌游！”

“都是雷蒙赛罗公司出品的？”

“哪儿啊，是其他公司出的，有一些老游戏，还是19世纪90年代的呢。我估计都是雷蒙赛罗先生自己的藏品，简直就像桌游博物馆一样。”

卡尔眼睛亮了。“你饿不饿？”他问。

“不是很饿，昨晚吃太多了。”

“要不，我们去瞅瞅？还有时间吗？”

“跟我来。”

两个好朋友蹦蹦跳跳地沿着旋梯来到二楼，然后又找到梯子直上三楼。

一进桌游室，卡尔就被震住了。“哇！”

墙边全是书架，书架上摆得满满的，全是古董游戏、锡铁玩具，还有纸牌游戏。

“太帅了！”

“算是吧，”雅美说，“只有喜欢游戏的人才这么觉得。”

卡尔笑了：“我就是，你懂的。”

两人在房间内逛了逛，谁也没说话，只顾欣赏各式各样经典好玩的游戏。有一个展柜，里面有八款游戏，盒盖纹饰精美，每款游戏上都装有一个小小的聚光灯。

“这几款游戏到底有什么特殊的呢？”卡尔问道。

“估计是雷蒙赛罗先生小时候最喜欢的游戏吧。”

“有可能。”不过玻璃柜上镌刻的一行字让他费解，“路易吉·雷蒙赛罗：游戏之根本。”

“可这几款都不是雷蒙赛罗公司出品的。”卡尔喃喃自语道。

柜子里聚光灯下的几款游戏，第一款名叫 Howdy Doody's TV Game，第二款是 Hüsker Dü？然后依次是 You Don't Say!、Like Minds、Fun City、Big6 Sports Games、Get the Message、Ruff and Reddy。

“这是一道谜语。”卡尔乐了。

“不都是游戏吗？”

“是游戏，不过把游戏名称的第一个单词和最后一个单词连在一起的话——”他一边说，一边轻敲第一款游戏外的玻璃，“意思就清楚了。”

“真的？”雅美的语气里充满了怀疑，“你确定？说不定就是一堆垃圾，也不知道谁在跳蚤市场上花五十美分买来的。”

“我确定。”卡尔依次指着每款游戏盒，把密码破译出来了，

"Howdy, Dü you like fun games? Get Reddy. [1]"

这时，米格尔冲进桌游室来。

"你俩在这儿啊。走，去数字学习中心，找你们有事。快！"

"干什么？"

"刚才查尔斯一口气吃完饭，就跑去玩昨天玩的游戏。他想先完成游戏，然后让自己的名字得分最高。"

"那又怎么样？"

"他玩的游戏里，全都是中世纪的古堡和地窖！"

"那又怎么样？"这次是雅美问的。

"他这会儿正在爬阴沟呢！那游戏是有'味觉效果的'，你们闻过中世纪阴沟是什么味儿吗？不骗你们，简直是臭不可闻、恶心至极！"

三人飞速穿过通道，来到一间臭烘烘的房间，只见查尔斯坐在一把震动不已的椅子上，手指在控制器上点按着。他的虚拟化身在下水管道里面趟行，只听身下椅子里内置的低音炮，发出"呱唧""呱唧"的模拟声音，地板都被震得嗡嗡响。

"喂喂喂！"卡尔喊道，"够了吧查尔斯！你这简直是在放催泪瓦斯啊！"

"我现在是在马厩下面的下水道里，这是逃出古堡的秘道。这场比赛我又要赢啦！连赢两场！你赢了几场呀？"

[1] 意为：你们好！好玩的游戏，想玩吗？准备好。——译者注

“你这家伙，”米格尔说，“这间房正好在楼下餐厅上面，管道都是连在一起的。”

“什么意思？”

“你这么搞，楼下吃的东西闻起来都带马粪味儿好吗！”

“关我屁事儿，反正我赢了。”

说着说着，他身下的椅子又是“噗”一声。

不过这次的味道不一样，卡尔闻到……是松树味儿？

味道有点儿像挂在车里的空气清新剂，常青树的味儿。

“切，没用的东西，坏了。”查尔斯跳下椅子，腿往后一蹬，朝椅子踢去。

“我要是你，就不敢踢。”卡尔提醒他。

“有什么不敢的？”

“那边就有监控摄像头，正对着你呢。”

“什么？在哪儿？”

“瞧见没？闪红灯的那个？”

就在这时，整个数字学习中心的所有屏幕上，都显示出卡尔指着摄像头的样子。

接着，雷蒙赛罗先生出现在屏幕上。

17

全新的游戏

Mr.Lemoncello's Library

“查尔斯，你的逃跑计策很妙啊。”屏幕上，雷蒙赛罗先生说。

“多谢夸奖，先生！”查尔斯一边回答，一边忙着捋裤子。“先生，我来解释一下，刚才我看到椅子这边有只蚂蚁在爬，所以才差点儿——呃——踢了一下。”

“你想得真周到，查尔斯。”

“雷蒙赛罗先生？”雅美发问。

“有问题？”

“为什么明明是下水道，闻起来却变成松树味道了？”

“因为我可不喜欢马粪的臭味儿，我喜欢松树的清新味道。你觉得呢？”

“那是。”

“好了，现在大家都到楼上的数字学习中心去，好吗？我有很重要的事情要宣布。”

卡尔听到楼下脚步匆匆，不一会儿安德鲁、布里吉特、叶思曼、肖恩、海莉、萝丝，还有凯拉，都赶了过来。

“都到齐了吗？”雷蒙赛罗先生问道。

“除了茜拉·罗素，其他人都到了。”卡尔回答。

“哦，对，刚才我看到她在楼下，正在看丽贝卡·斯戴德写的《神秘的来信》[1]。我们等会儿再去找她吧。快中午了，还是抓紧进入我们下一轮的比赛吧。”

“什么比赛？”叶思曼问道。

“下面即将开始的比赛。”

“先生？”肖恩发问，“我今天还有事要办呢。”

“没问题，肖恩。如果想先走，当然来去自由。不管是谁，如果不想留下来玩游戏，请把你们的读者证放回废卡堆里就行。”

突然，一块地板弹开，里面伸出一根装饰考究的圆柱，差不多三英尺高，上面顶着一个金鱼缸。

“把卡片放在鱼缸里就行，肖恩。就那样，对啦。请沿着地面上闪烁的红色箭头，一直前往最近的出口，到了出口，会有人给你一份精美的告别礼物，还有，请接受我不变的钦佩之情，你的作文写得真好。”

地板上出现了红色的箭头，闪烁不停，肖恩沿着箭头走去。

“要是决定留下呢？”雅美问。

“留下的人，可以参加一场全新刺激的游戏！”

“赢家有奖品吗？”海莉问道。

---

[1] 2010 年获得纽伯瑞儿童文学奖金奖的作品。——译者注

“那当然啦。”

米格尔这会儿高高举起手，问道：“雷蒙赛罗先生，要怎么才算获胜？”

“很简单，只要从图书馆里出来，不过只能借助图书馆里现有的资源。”

“好玩！”

“没劲。”凯拉·考森咕哝一句，“我撤了。”

她把自己的读者证往鱼缸里一扔，沿着闪烁的箭头出门去了。

“还有谁想走，或者不得不走吗？”

“抱歉，先生，我两点还要去踢球。”萝丝回答，“回见啦，你们！”她也把读者证丢进了鱼缸里。

就在她丢掉卡片的那一刻，突然铃声响起，五彩纸屑从天花板上纷纷落下，游戏室里，所有游戏机都叮叮作响。

“恭喜你，萝丝！”雷蒙赛罗大声说，他不知何时戴上了尖顶的派对帽，“你信守自己最初的承诺，所以我们特别赠送你‘守信奖’——全套雷蒙赛罗牌贴图游戏，外加一台笔记本电脑，供你在电脑上玩。希望你喜欢！”

萝丝欢天喜地蹦蹦跳跳出去了。查尔斯往监控摄像头前凑近一步。

“先生，恕我冒昧地揣测一下，要是在下面‘全新的游戏’比赛中取胜，奖品是不是比笔记本电脑还要好？”

“是的，”雷蒙赛罗先生回答，他把帽子摘掉，“你揣测得没错。”

“我参加。”查尔斯毫不犹豫。

“我也参加。”卡尔说。

“还有我。”“我也是。”“我也参加。”雅美、米格尔、安德鲁、布里吉特、叶思曼和海莉纷纷表态。

这时茜拉·罗素晃悠进来了，她还埋头在书里，都没注意到屏幕上雷蒙赛罗先生巨大的脸。

“出什么事了？”她问，可眼睛还盯着书本。

“有大事！”雷蒙赛罗先生猛喝一声。

茜拉一惊抬头。

“哦，先生，您好！”

“你好哇，茜拉！抱歉，打扰你读书了。就问你一句：想留下来，还是想回去？”

“哦，先生，我想留下来，不知行不行？”

“行不行？简直求之不得不快——这词儿也是我编的。好了，下面给大家宣布游戏规则——毕竟游戏都要有规则嘛——是我们大家共同的好朋友，雅尼娜·齐琴科博士！”

屏幕画面转为齐琴科博士的特写，红色的头发，红色的眼镜。

“首先，逃出图书馆的时限为，今天中午至明天中午。”齐琴科博士说道。

屏幕下方一角，雷蒙赛罗先生的脑袋又在画面中出现了。

“顺便提一下，明天是我的生日，大家记着日子啊。”

然后，他又从屏幕中消失了。

“手机仍然由保安保管，”齐琴科博士继续说，“不允许使用图书馆内的电脑与大楼外任何人联系，不过，可以用电脑查找资料。

“大家还可以选择三种方式向外界求助：第一种是‘咨询专家’，第二种是‘咨询馆员’，第三种是‘极限挑战’。请注意，第三种方式，即‘极限挑战’，名副其实，要完成的任务极其困难，如果完成，获得的奖励也极其丰厚。不过，如果失败，就要出局了。”

卡尔暗想，这几种，自己都要尽力避免——当然，除非“极其”必要。

“要使用这些求助方式，”齐琴科博士接着说，“只需要呼叫托本太太即可。”

查尔斯又举手提问。

“什么事，查尔斯？”

“可以告诉我们，获胜的奖品是什么吗？”

屏幕画面又变成了雷蒙赛罗先生，他的造型瞬间又不一样了，这次他戴着眼镜，衬衫领上系了一根丝绸领带，看上去扎眼得很，仿佛是从 1939 年穿越来的好莱坞明星。

“名气！荣耀！获胜者将成为我们公司的新代言人，假期所有产品推广，都由他来做明星！”

“能火？”叶思曼脱口而出。她不禁托了下头发，朝监控摄像头笑了笑。

海莉一步跨到叶思曼前面。“我做过模特，就在老城区那边的谢尔曼鞋店。”

叶思曼又迈步到她前面。“我还做过配角呢，一个小狗的广告片，很火的——”

“我还是啦啦队的，叶思曼不是——”

这俩姑娘只顾在摄像头面前搔首弄姿，可是齐琴科博士已经回到屏幕里，把最后的注意事项简单扼要地交代了一下。

“用手中的读者证，大家可以畅行无阻，无论要找什么，图书馆工作人员都会提供协助。出馆的路，跟大家进去的时候不一样，所有紧急出口，都不允许使用，如果试图从这些通道出馆，警报会立刻响起，而犯规者当即出局。为安全考虑，全程都有视频监控大家，各位的所有活动都将录音录像。万一真的出现紧急情况，我们会帮大家撤离图书馆。不过，故意制造麻烦，导致撤离行动，不算游戏规定的出馆方法。还有其他问题吗？”

“就一个问题。”安德鲁用指尖扶了扶他那副巨大的镜框，“游戏什么时候正式开始？”

雷蒙赛罗先生又出现在屏幕上。

“问得好，安德鲁！哎呀，已经中午了。要不这样……不如……我看……现在就开始吧！”

18

圆形大厅上的窗户

Mr.Lemoncello's Library

九位参赛选手争先恐后地冲下旋梯，来到圆形大厅。

卡尔见到海莉接着往下冲，沿梯子跑去地下室了，平面图里，地下室标记为“书库”。

米格尔和安德鲁两位算是图书馆方面的专家，他俩一人找了一张桌子，开始在电脑屏幕上点来点去。布里吉特也一样。

查尔斯则沿着拱廊悠闲地往前厅那儿去了，就是喷泉那边。

叶思曼手举楼层平面图，沿着圆形大厅绕圈子，感觉就像在熙熙攘攘的人行道上一边狂奔，一边查看手机信息一样。

茜拉则找了一张舒服的椅子，坐了下来。

——就为了把书看完。

这姑娘，显然是一点儿游戏精神也没有。

“我说卡尔，”雅美说，“要不要组队？”

“什么意思？”

“电视真人秀里都这样啊，就像《幸存者》[1]里面一样。我俩互相合作，最后其他人都出局，然后我们俩再决斗。”

“呃——我好像没听见谁要出局。”

“哦，对。”

“不过呢，规定里也没说奖品不能共享。反正我只要赢就行。”

“好极了！那，咱俩一伙儿？”

“没问题。”

“太好了！”雅美说，“我任命你当队长，同意的举手！”

俩人一起举起手。

“全票通过。”雅美说，“好了，咱们去问那古董馆长一个问题。”

“什么问题？”

“每人都可以问一个问题，对吧？”

“对。”

“好。我的问题就是——女士，请问我们怎么才能出去？”

“你觉得她会告诉你吗？”

“估计不会。那你有什么计划？”

“我在想——”

突然听到叶思曼大叫一声：“我赢啦！”

---

[1] 美国知名的真人秀节目。——译者注

其他人都了停下来。

“咳，昨晚卡尔找到甜点不就是吗，找最显眼的地方。现在也是一样。要想出去，咱们只要找到紧急出口就是啦。切！”

她头朝图书角餐厅和一号会议室之间的走廊点了点。

卡尔站起身。“呃，叶思曼？你会不会刚才没听清——”

这时查尔斯冲进来，大喊大叫：“叶思曼你甭想赢！看咱俩谁先到紧急出口！”

他朝走廊冲去。

叶思曼紧跟其后。

“喂！”卡尔喊了一声。

查尔斯和叶思曼飞速穿过走廊，卡尔看到走廊那边，有一个红色的“紧急出口”灯亮着。突然查尔斯一个不小心，摔倒在地，而叶思曼继续向前冲，越来越快，越来越猛，一直撞到金属门上的门栓。

警铃响起，红色警灯亮起，旋转，不知哪里传来一声老虎的咆哮，头顶上的麦克风传来雷蒙赛罗先生的声音：“抱歉，叶思曼，你出局了。你犯规啦，失去了游戏资格。读者证放回废卡堆里，你可以回家了。”

叶思曼消失在门外的阳光里，紧急出口再次关闭。卡尔看了看查尔斯，要不是他摔了一跤没跑到出口那儿，也就一起被送回家啦。

这家伙，还在那儿偷笑。

突然，卡尔心念一动：这个查尔斯，他是装的，故意要让叶思曼出局，他心里清楚，从紧急出口出去不算赢，但还是假装争先恐后地跑到大厅来，让叶思曼误以为自己找对了路。

哼哼，姓齐灵顿的，真是志在必得啊。

为达目的，不择手段。

查尔斯悠闲地吹着口哨，溜达回门厅去了。

“这家伙在门厅里搞什么？”雅美问道，“不是说了，不能原路出去吗？”

卡尔还没来得及回答，安德鲁突然冲米格尔叫嚷起来，米格尔晃悠到他的桌前去了。

“走开走开！别偷我的主意！”

“没有啊朋友，”米格尔说，“我就是碰巧看到你的屏幕，你找的那本期刊，我看没什么——”

“这样，米格尔，你怎么看不关我的事，行不行？现在又不是在学校，这里是公共图书馆，你又不是老大。别来烦我！”

米格尔手一摊：“没问题，兄弟，我是好意帮忙。”

“呵呵，帮忙，帮我输是吧？”安德鲁气冲冲地走到最近的旋梯口，一路冲上二楼的杜威分类阅览室去了。米格尔看上去有点儿尴尬，也从另一部旋梯上楼去了。布里吉特在身后紧跟他俩。

“想不想跟踪他们俩，像布里吉特那样？”雅美低声问，“我负责安德鲁，你负责米格尔。”

“不用了。”卡尔回答。他抬头看了看大穹顶。“我倒是对上面的窗户更感兴趣。”

圆形大厅地板往上三层，就在大穹顶的下方，是十扇拱形的窗户，夹在嵌壁式雕塑之间的凹处。这些窗户在穹顶的根部，就像家里的天窗一样，阳光透过窗户照射到下面的房间。

“你觉得那些窗户可以打开？”雅美问。

“也许行，也许不行。不过要是因为被窗户挡着，赢不了比赛，那可不是我的风格——不信你问我爸。”

“你说什么？”

“哦，没什么。跟我来。”卡尔大步朝茜拉坐的椅子走去。那椅子松松软软的，茜拉正安静地坐着看书。

“呃，打扰一下，不好意思。”

茜拉抬起头，眼神里全是迷茫。

“我想找本书。”

“真的？”茜拉问，“什么类型的？”

“跟你找的差不多，那边上面的。”他朝后面墙上弯弯的书架指了指。

“哦，小说类。”茜拉说。

“没错。”卡尔回答，“我也整本小说瞅瞅。”

“你喜欢什么类型的故事？”

“高高在上的那些。”卡尔回答，“越高越好。”

“真的吗？”

“是啊。”

“嘿，你这选书的方法还真特别，看书架的高度——”

“我想找书架顶层的，就那边，飘着一个人的全息影像，抱着一只戴帽子的猫。”

“那是苏斯博士，”茜拉说，“他是《戴高帽的猫》的作者。”

“了不起。”卡尔说，“不过我喜欢他，是因为他离窗户近。”

19

三人小分队

Mr.Lemoncello's Library

“咳咳，托本太太？”雅美发问道，“我想用一次‘咨询馆员’的特权。”

“你确定要用？”卡尔悄声问。

“组队的优势就在这儿啊，就算我用完自己的特权，你还有。”

于是，托本太太的全息影像又出现了，她告诉雅美，穹顶下，挨着苏斯博士跟《戴高帽的猫》全息影像的那本书，是马克·吐温的《哈克贝恩历险记》。

托本太太消失之后，卡尔和雅美用电脑找到《哈克贝恩历险记》的索书号，卡尔拿支笔把索书号记在手上。

“你不会是想……？难不成你想……？”雅美问。

“没错，我要飘上去，然后攀在全息影像旁边的墙角上，够到窗户，打开，然后把手伸出去。严格说来，这就算是找到出去的路了。比赛规则里也没说需要出去多远才算赢。”

“你摔下来怎么办？”

“不会的，我瘦小结实，灵如猿猴。”

“我是说真的，卡尔，万一出事，不值得。”

“嗯，值得的。不是说了吗？‘这场比赛我一定要赢！’”

“你们应该就地做一条安全绳。”突然茜拉在一旁提议道。

“你说什么？”

“是这样，我看过一本探险小说，里面主角也面对类似的情况，结果他从几部电话里拆出听筒的线路，捆在一起做成了一条安全绳。”

只用了十分钟，卡尔、雅美和茜拉就从几个听筒里，抽出几条弹性十足的电线。卡尔把电线绕在腰间，另一头系在滑行梯的扶手上。伸展开以后，这条安全绳可以拉长到二十多英尺。

应该可以奏效。

“上去以后小心点儿。”雅美叮嘱道。

“对。”茜拉也说。她这会儿终于把书放下了。看真人冒着生命危险干这么吓人的事，显然比书里更刺激。

卡尔把双脚固定在滑行梯上。“我出发了。”

他把《哈克贝恩历险记》的索书号输入滑行梯上的搜索键盘，感觉肾上腺素在体内激增。

“打开窗户之后，”雅美对他说，“大声喊‘我找到出口啦’。这样我们就赢了。”

“没错，”卡尔回答，“我们三个都是赢家。”

“什么？”

“喂，安全绳的主意是茜拉出的，她现在也算咱们一伙儿的。”

“行吧，你说算就算。当心别摔断脖子就行。”

“这可不在计划之内。”

卡尔按下控制板上的“输入”键，脚下的平台忽忽飞起，缓缓向右方飘去。

“小心！”雅美喊道，“注意点儿！”

“我动都没动！”卡尔回答，“是这玩意儿自己飞的，它带我去哪儿我就去哪儿。”

滑行梯越升越高，卡尔紧紧抓住扶手，眼见着飞过托尔斯泰作品，飞过萨克雷著作。他仰头望去，看到拱形窗边壁龛里，是半透明的雕像。

这些影像真是五花八门，有一位黑人男子，身着三件套西装，打着领结，一副若有所思的样子；另一个，长长的卷发，旧式服饰，手拿眼镜；一个长头发的哥们儿，身上的衬衫邋邋遢遢，躲在字母 P 和 B 的图案之后；还有个光头佬，留着大胡子。

这些雕像其实都是全息投影，都有标牌飘在雕像基座前，说明这是哪位名人。离卡尔最近的这几位，分别是乔治·奥威尔、刘易斯·卡罗尔、苏斯博士，还有玛雅·安吉罗[1]。

接着往上爬升，卡尔能听见微弱的电磁声，滑行梯就这样托着他，一路朝房顶飞去。

[1] 以上都是著名作家。——译者注

不过，接下来听到的声音，可一点儿也不微弱。

“这法子简直太搞笑了！”

是查尔斯·齐灵顿。他站在圆形大厅另一侧的二楼平台上。

“告诉你吧，卡尔，你这法子我也想过，不过有一点你显然没看到，我可注意到了——那边的窗户，正对着监控屏，网格里面。”

话音刚落，飘浮的平台一顿一顿地停了下来。

“慢慢享受天花板吧，卡尔。让我再去赢一场！”

卡尔没有理会他，抓住苏斯博士下面的壁架，奋力想攀上去，可是双脚被固定住，抬不起来。

滑行梯上的滑靴锁，将他的双脚牢牢卡住。

这时他离天窗已经很近了，可以看到，查尔斯说得没错，窗户对面就是监控屏。

卡尔看了看手表，一点了，自己和队友已经浪费了一个小时，想越窗而出，这法子实在太逊了。他重重地叹了口气，瞪着头顶壁龛里一闪一闪的苏斯博士。

突然那只戴帽子的猫的嘴动了起来。

“左想想，右想想，想想上面，想想下面。”

这个声音卡尔听出来了。

是雷蒙赛罗先生。

“哦，只要你敢想，没有什么想不出来的！”

也就是说，卡尔又回到原点，得重头想起，另做计划，才能出去。

接着滑行梯开始缓缓下降，稳稳地，不过卡尔压根儿就没按任何键。

“别听查尔斯的，那个自以为是的家伙。”卡尔快落地时，雅美叮嘱他，“这法子值得一试。”

“就是。”茜拉说。

突然一声尖叫响起，是从地下室传过来的，令人毛骨悚然。

“是海莉！”雅美叫道，“我刚刚见她下楼去了。”

“书库就在地下室。”茜拉加了一句。

“走！”卡尔说，“说不定她有麻烦了。”

“永远都不该帮对手，卡尔！”查尔斯嘲笑道。他悠闲地沿着旋梯走下楼。“哦，不过也不奇怪，你是不输不快啊！”

20

推荐图书大比拼

Mr.Lemoncello's Library

废物。

在查尔斯·齐灵顿看来，像卡尔这样意气用事的人，就是废物。一个小姑娘，出了点事大呼小叫，他就忘了比赛，跑去英雄救美？

真是彻头彻尾的废物。

等等……会不会是海莉已经找到了出口，所以才惊叫的？

想到这儿，查尔斯不禁笑了。

怎么可能？

在七年级学生里，海莉·戴利算是女神级别的吧，她长得确实漂亮，可智商却着实堪忧。这么蠢的女孩子，怎么可能比查尔斯·齐灵顿聪明？

好了，下面要靠直觉行事了。

回想一下，馆长齐琴科博士说过两遍同样的话：“不管找什么，图书馆员都可以提供协助。”他们准备进馆时，齐琴科博士就说过一次，后来宣读游戏规则时，又重复了一次。

嗯，这时候查尔斯要“找的东西”，就是出口，既不是原来的入口，也不能触发任何警报。

所以他才不停往门厅跑，就是汩汩的喷水池那里，所以他才一直研究那张展架——“馆员推荐图书：过目不忘”。

“馆员可以提供协助，”他喃喃自语，“而这些书都是馆员推荐，追根溯源，这些书应该可以提供最大的线索。”

查尔斯看到，这个密封的书柜内，共有十二本书。

“难不成，每本书对应一位游戏参与者？”他暗自思忖。

这些展示品并不是真书，而是封面造型，里面包的只是塑料泡沫。书架一共四层，每层摆了三本，既然不是真书，也就没有书脊，封面上也没有查找的索书号。

查尔斯关注的是最底层的三本。

左边一本书名是《好客之州印第安纳》[1]，中间就是那本《渐入佳境：强尼·尤耐塔斯和我》，右边一本书名是《晚宴》。

查尔斯决定，重点研究《渐入佳境：强尼·尤耐塔斯和我》这一本。他回到圆形大厅，在电脑上迅速查了一下目录，输入“渐入佳境”几个词，对应那本书的封面就跳出来了。

可还是没有查询的索书号。

在该有识别号的地方，只有一个厚厚的黑色方框，里面写着“系统暂时移除识别号”。

---

[1] 字面意义为“胡希尔人的好客之风”。胡希尔（Hoosier）是印第安纳州别名。印第安纳州人民一向以礼貌好客知名，故有此俗语。——译者注

顺着屏幕往下拉，查尔斯发现一行奇异的注释：“你以为这么轻而易举？”

查尔斯不禁乐了。

这么一查电脑，倒让他确认，自己的思路是正确的。

查尔斯从桌边抬头一望，面前正是儿童阅览室，而这本关于强尼·尤耐塔斯的书很可能就是儿童书籍，从封面上看，是一位卡通风格的橄榄球员，身穿19号球衣，正在传球。

当然，这明显是一本体育传记。

那到底该把它归为什么类别呢？体育类？传记类？还是儿童书籍类？

查尔斯回到目录那儿，读了读这本书的简介。“比利想当一名四分卫，就像自己的偶像强尼·尤耐塔斯那样，可是他的教练却担心他受伤。”

听起来像是小说类，虚构的故事，想必在儿童阅览室。

查尔斯走过光滑的大理石地面，突然意识到一件事。

这种设计跟《记得吗？》[1]这款游戏差不多，以前在幼儿园的时候他玩过，现在也是一样，他要找的是跟那本橄榄球书的封面对应的东西，封面是自己刚刚记住的，要找的东西不知藏在哪里——这其实也是一个记忆游戏啊。怪不得这些馆员推荐的图书叫“过目不忘”。

“聪明啊，雷蒙赛罗，”查尔斯喃喃自语道，“真是聪明极了。”

---

[1] 20世纪70年代的一款儿童游戏，原文Hüsker Dü？是丹麦语，意思为“记得吗”。——译者注

查尔斯来到儿童书部，没用多久就找到了，这本《渐入佳境：强尼·尤耐塔斯和我》就竖着放在一个书架顶端的支架上。

“找到了！”他轻呼一声，然后拿起书，沉浸在这一刻的成功里，大声把书名读了出来：

“渐入佳境：强尼·尤耐塔斯和我。”

突然之间，墙角藏的一排机械鹅玩偶开始嘟嘟响，唱起歌来。

“人人都叫他‘得分先生’——嗨——都叫他‘得分王’！”

突然来这么一群嘎嘎叫的鹅，吓得查尔斯手里的书都掉了。

书掉下来时，里面夹的一张正方形卡片也飞了出来。

查尔斯弯腰捡起卡片。

卡片上，印着一个黑白的人物剪影，看着是个四分卫，身穿19号球衣——跟强尼·尤耐塔斯一样。剪影人物正曲着臂，作势准备扔球传球。就像这样：

查尔斯笑了起来。

自己绝对找对了路。

他把剪影卡片塞进口袋，匆匆赶去前厅，继续去记那些馆员荐书的封面去了。

21

柠檬味儿的卡片

Mr.Lemoncello's Library

“嗷——！我被卡住了，救命啊！”

海莉·戴利的叫声从楼下飘上来，卡尔一路冲下楼梯朝书库跑去。

“到底什么叫‘书库’？”雅美跟在卡尔身后几步，一边跑一边问。

“是图书馆里存放研究资料的地方。”茜拉回答她。她跟在雅美身后。

三人来到地下室，看到里面满满的都是书架，高到房顶，一排排摆放得整整齐齐。

“救命呀！”

听声音，海莉在房间另一边，在一面金属储存柜后面，离他们还远。那面柜子里都是盒子、书本和圆筒箱。

“这都是什么东西？”卡尔问了一句。他四处找路，想着怎么才能到海莉那儿。

“一般都是稀有的书籍和文件，是不提供外借的。”茜拉说，“不过可以填张借书单，然后在阅览室内阅读这些资料。”

就在这时，书架之间的空当处，一个锃光发亮的东西嗖嗖地穿过，是一个机器人，颜色跟《星球大战》里的星际军一样，电动马达嗡嗡作响，靠脚下的坦克履带移动，身前装着类似购物车一样的东西。

“跟着机器人！”卡尔说道，“说不定它能带我们以最快的方式找到海莉！”

三人沿着狭窄的通道快速前进，不一会儿，只见机器人伸出机械手臂，从一处抽屉暗格里抽出一个扁平的金属盒子，盒子所在的这一区，书架上面的LCD屏上，显示的是“20世纪30年代，杂志和期刊”。

“是楼上有人要找旧杂志吗？”雅美问道。

“也许是有人想研究研究当年的金叶银行，”茜拉回答，“我记得金叶银行就是30年代建的。”

“来人啊！”海莉又尖叫起来，“我被卡住了！”

“坚持一下！”卡尔喊道，“我们马上就来！”

“你们倒是快点儿啊！搞什么鬼！”

“这边走。”卡尔说。

他们又跑过一条过道，往右一转，终于见到了海莉。她一只手卡在地下室墙壁上方的一个水平狭槽里。看起来她为了抓住横槽，才爬到墙边一台加高传送带上，那个传送带大概有三十英尺长，已经发动起来了，所以海莉只能双脚不停地原地慢跑，要不就得摔个狗吃屎。这个高科技的传送带其实是一系列的滚筒，十个负责运输的机器人在两边一字排列，位置分别错开，互不相对。

“看来，这是图书自动分拣机，”茜拉说，“十个机器人有十个推车，海莉脚踝那里的激光射线，估计是用来扫描图书标签的，然后传送带就知道这本书该送到哪个推车里了。”

“喂！”海莉大叫道，“赶紧来救我啊！”

卡尔退后一步，想先搞清楚情况。

“你手抠着的横槽是干什么的？”

“上面就是还书箱！”海莉气急败坏地回答，一边讲话一边拼命地跑，“我在大楼平面图上看到的。还书的时候，从外面人行道上把书往还书箱一丢就行，这么说来书就肯定被送到这儿来了嘛！”

“高啊！”卡尔揶揄道，“这样你就能从墙缝爬出去，重见天日了。”

“如果你的身材跟书一样薄的话。”雅美又补了一刀。

“我倒是想爬！”海莉抱怨，“没想到一站上来，这白痴玩意儿就自己启动了！”

卡尔点点头说：“看来是重量感应，自动运行的。”

“一有书掉下来，”雅美补充，“分拣机就自动运行。”

“设计得不错，”卡尔说，“等于给比赛增加了一处陷阱。”

“你们都好聪明！考虑一下身在陷阱的那个人的感受，好不好！”海莉忍不住嚷嚷。

卡尔转身对茜拉说：“要想海莉把手抽出来，又不会一屁股摔死，一头撞死，只能让传送带停止运行。想想，有没有哪本书里，讲过主角搞定电梯或者商场收银台的传送带的？”

“没有哦，”茜拉回答，“想不出来。”

“那有没有哪本书里讲过，主角最后把紧急开关给关了的？”雅美问道，“我的意思是，如果我是主角，我就这么干。”

雅美身旁就是一个壁挂式配电箱。她把开关往下一拉，传送带慢慢停止了运行。

“啊哈！我伟大的自传里，又多了一章——要是我写自传的话。”

海莉缓缓抽手。最后手一抖，终于重获自由了，她一下颓坐在静止的传送带上。

“我的手，摊得比煎饼都平。”她哼哼唧唧地说。

“受伤了没？”卡尔问，“要不要跟保安讲——”

“讲什么？讲我出了点儿小问题，所以要灰溜溜地走人？你想太多了，卡尔·凯利，要我认输，没那么容易。”

“我是为你好——”

海莉一只手拦住他。“不用多说。”她从传送带上爬下来，“我反正是赢定了。当广告明星，‘钱’途无限呀。”

她一步一拐地绕过书架，走向楼梯，上楼去阅览室了。

海莉走了以后，雅美举手说：“问个问题。”

“什么问题？”卡尔说。

“刚才海莉在传送带上大跳健身舞，中控室里的人应该看得到，为什么他们不关掉自动分拣机呢？”

卡尔耸耸肩：“也许他们没看到。”

“不对，”茜拉指指分拣机旁边地板上一块方形地板砖，“他们看到了。”

卡尔往她手指的地方一看，那块地板砖闪闪发光，跟楼上那些嵌在桌面里的平板电脑一样。卡尔仔细一瞧，上面还划过一行字：

“恭喜你们，”他读出声来，“帮助海莉，体育精神可嘉；奖励丰厚，不止口头表达。”

接着地板突然打开。

里面小小的暗格里，有一个纸卷，纸卷边上系着一张黄色卡片。

“啊哈！”雅美说，“原来真有人全程都看到了。”

卡尔把黄色卡片取下来，闻起来还有股柠檬味儿。

“上面写的什么？”茜拉问。

卡尔把卡片翻过来，这样茜拉和雅美就能看到上面的字了：

“超级大奖：游戏提示。”

22

旧鞋盒里的纪念品

Mr.Lemoncello's Library

“真是猪脑子！蠢死了！”

海莉简直不敢相信，自己会想出这种馊主意。

“从还书口爬出去？晕死，能出去才叫见了鬼呢。”

她疲惫地爬楼梯到一楼，暗自检讨。

来到圆形大厅，她见到查尔斯又往门厅跑去。

这家伙又奸又滑，跟条蛇一样，不，还不如蛇，简直就像鼻涕虫一样恶心，蚂蟥一样狠毒，油腻腻、黏糊糊的，走哪儿在哪儿留下一道印子。他专门偷别人的点子，昨晚，就是跟着那一对书呆子——米格尔和安德鲁，才找到甜点。海莉知道，查尔斯肯定是打算跟在书呆子们后面，不劳而获。

其实，海莉一点儿都不傻，她聪明得很，只不过别人都不知道而已（只有她的老师，还有给她测智商的人知道她有多聪明）。有时候那副娇滴滴没脑子的小公主样子，是她故意装出来的，因为对于大人和那些傻乎乎的男孩子来说，她这样就可以要风得风，要雨得雨。

此时此刻海莉最想要的，就是钱，大把大把的钱。爸爸已经失业一年了，以前家里的积蓄和应急的钱，也花得一干二净，如今已经到了向亲戚借钱的地步。

要是这次比赛海莉能获胜，成为雷蒙赛罗公司的代言人，家里的“钱荒”就能迎刃而解，也就不用卖房子还债了。而且，一旦自己在雷蒙赛罗先生设计的产品电视广告中露面，自然会有人上门找她来拍广告，然后是拍电影，说不定还能主演个电视剧什么的，甚至登上迪士尼频道也不成问题。

要想美梦成真，海莉此时急需一个制胜的好点子，越快越好。一定要比“爬还书口（那个口子跟她手腕差不多窄）”的点子强——真晕，要不干脆跳入马桶，顺水冲出去算了，查尔斯玩那个电子游戏的时候不就这么干了吗？

看来要坐下来好好想想。海莉往图书角餐厅走去。

来到餐厅，她看了看满桌的零食，有饼干、草莓、香蕉，还有一些布朗尼[1]。她找个位子坐下，手拿一块马卡龙[2]慢慢咬着，眼瞅着咖啡壶上方的墙边书架上一排排的烹饪图书，仔细端详起来。

突然一本书吸引了她的目光，名叫《纸杯蛋糕、曲奇饼干，还有派，哎哟，我的乖乖！》。

---

[1] 布朗尼（Brownie）：一种甜点，类似饼干，较软。——译者注
[2] 马卡龙（Macaroon）：圆形小甜点。——译者注

原因是，这本书的封面看起来无比熟悉：两只巧克力蛋糕做的绵羊，眼睛瞪得大大的，身上的卷毛是迷你棉花糖。这个封面，海莉见过。

就在图书馆大厅里！

大厅中那个玻璃展柜，里面由图书馆员推荐的图书中，就有这一本！

她来到书架旁，拿起这本书，一打开封面，就发现两张卡片。

其中一张是正方形的白色硬纸板，上面有一个黑色的绵羊剪影，如下图：

第二张卡片是黄色的，大小跟《大富翁》游戏里的“社区福利基金卡”差不多。海莉闻了一下卡片，有点儿柠檬味儿。

她会心一笑。“怪不得是柠檬，‘雷蒙’赛罗[1]嘛！”

黄色卡片的正面，印着以下文字：

超级大奖：游戏提示。

背面，是提示的具体内容：

记性惊人，赢得更多纪念——前往雷蒙赛罗纪念展厅，找

[1] 雷蒙赛罗英文为Lemoncello，前半部分Lemon意为“柠檬”，后半部分cello意为“大提琴”。——编者注。

到12号展品。

海莉把两张卡都塞到牛仔裤后面的口袋里，拿出图书馆的平面图，很快找到了纪念展厅的位置——在三楼。

在确保没人（比如查尔斯）跟着自己后，她静悄悄地沿旋梯上楼，到了二楼又检查一遍，确实没发现查尔斯，接着蹑手蹑脚来到三楼，找到那间展厅。门上写着“雷蒙赛罗纪念展：个人兴趣和怪癖的小型展览”。

海莉打开门走进去。

前厅整个像个仓库，塞满纸的塑料箱子上面堆放着木头箱子，木头箱子上面堆的又是纸盒子，所有的箱子和盒子都有编号。海莉看到其中一个编号为“576”。

“看来雷蒙赛罗先生从来不扔垃圾。”海莉一边检视一堆堆的物件，一边嘀咕。她在找提示卡上说的12号展品。

在一堆箱子里面穿来穿去，最后海莉终于找到她的“超级大奖”——12号展品原来是一个旧鞋盒子，是从亚历山大本市的一家鞋店买的，不过店名海莉闻所未闻。盒盖上的标签写着“雷蒙赛罗先生十二岁时的随身用具、装备及小物件”。

海莉打开盖子，盒子里面是各种小东西，令人眼花缭乱：手刻的游戏棋子原件；星光灿灿、写着红白蓝色H-H-H Humphrey字样的徽章[1]；还有个旧得不得了的搭扣信封，用胶带封得严严实实。

[1] 美国第38届副总统休伯特·H. 汉弗莱（Hubert H. Humphrey）的竞选徽章。——译者注

信封正面，用荧光笔写着一行字："第一个也是最糟糕的创意。"字迹潦草得很。

除此之外，还有一面迪士尼乐园的三角旗，橡皮筋捆起来的一沓卡通图案卡片，叫什么"恶搞包"[1]（最上面一张卡片是"Weakies 麦片[2]，傻瓜的早餐之选"）。

海莉明白，这盒子里面的纪念品，肯定是重要的线索。

可到底重要在哪儿呢？她还是一头雾水。

[1] Wacky Packages，一系列拿北美消费品搞笑取乐的集换卡和贴纸。——编者注

[2] Weakies cereal，是对美国通用磨坊食品公司出品的 Wheaties 牌早餐麦片的嘲弄，该麦片以在外包装上印有著名运动员为特点，已经成为一种主流文化符号。——编者注

超级大奖提示卡

卡尔把手中那张带柠檬味儿的“超级大奖”提示卡翻过来，看看背面写的什么东西。

“前往圆形大厅二楼外围的平台，找到本桌游的最终版。”

“啊？”雅美问，“什么意思？”

“我也不知道。打开纸卷瞧瞧。”

雅美和茜拉帮着卡尔压住纸卷的两边在地板上将它展开摊平。

“好了，”卡尔说，“看起来像是某种桌游概念设计图，看到那两个同心圆了没？中间那个，可能就是放桌游转盘的位置。把自己的棋子沿着十个房间移动……”

他突然停下来。

“不对。”

“咋了？”雅美问。

“你知道这款游戏？”茜拉问。

“正是。”卡尔回答，“这星期我才跟我哥科提斯玩过，叫作《惊奇烧脑搜经狂》，游戏设定在一个假想的图书馆里。”

“让我们去二楼平台寻找游戏的‘最终版’，什么意思？”茜拉问。

卡尔笑了笑说：“到时候你就知道了。”

三人从地下室上来，卡尔见到安德鲁在圆形大厅中间，正打开中央桌上一个长条形金属盒。

托本太太的全息影像也在那儿亮着，她满脸微笑，显得非常耐心。安德鲁从盒子里抽出一本不知道什么杂志，米格尔也在桌边，估计是等着轮到自己问托本太太。

“那个盒子就是我们刚才看到机器人从书架上抽出来的。”雅美悄声说。

卡尔点了点头。他示意其他两人跟他一起，沿墙边偷偷溜过圆形大厅，雅美和茜拉静悄悄地跟在他身后。

绕过来以后，他们看到海莉，在圆形大厅另一面的阴影里，正走向刚才自己上来的楼梯——她是要回地下室去。

不知道她是不是又发现了其他通道可以爬？卡尔想。但愿这次的通道能比还书口大点儿。

“这本杂志是真的？”只听安德鲁冲托本太太的投影大喊。

“是的，安德鲁，你已经用完‘咨询馆员’了。米格尔，需要我帮忙吗？”

“等等！”安德鲁急声说道，“我还没问完呢！”

“呃，你已经咨询完毕了。”米格尔说。

“谁说的？”

“图书馆员说的啊。”

“米格尔？”托本太太的投影又发问了，“你有什么问题？”

“抱歉，兄弟，我刚刚怎么说的来着？”

“她跟学校图书馆的杨瀚太太一样，”安德鲁脱口而出，“哪里的图书馆员都一样，明摆着偏向你！”

“喂喂，放松点儿！”

“等着瞧，托本太太，你们都等着瞧！我非打败米格尔不可，非让他惨败不可！等我获胜了，我就叫雷蒙赛罗先生开除你！”

“她不是真人！是投影！”米格尔大笑一声，“你怎么开除不存在的人？！”

“那我就让雷蒙赛罗先生把她断电！”安德鲁一把抓起杂志，气冲冲地离开圆形大厅，跑去门厅了。

“我猜安德鲁想动正门的脑筋。”卡尔对雅美低语道。

“哼，我看他是脑子进水了。都说了，不能原路返回。”

“也许安德鲁觉得，齐琴科博士是跟咱们说着玩的。”茜拉表示。

“咱们走。”卡尔继续领头，三人朝最近的楼梯跑去，前往二楼。他略一回头，眼角的余光看到米格尔把一张纸条放在托比太太的投影面前的桌上。

“本书已从书库剔除，米格尔，”托本太太说，“请前往温克尔和格林波尔等比模型旁的展柜寻找。”

接着就听到机器传送的声音，有点儿像电影售票处出票的声音。托本太太的桌上弹出一张小小的方形纸片，米格尔一把抓在手里，转来转去。

不过他很快就停住了，因为他看到卡尔、雅美和茜拉在身后，正绕着圆形大厅鬼鬼祟祟。

极限挑战

Mr.Lemoncello's Library

米格尔把那张小小的方形纸片往身后一藏，跟他们打招呼：“喂！”

“嘿！”卡尔回答，“搞什么呢？”

“没什么，瞎晃悠呗，解解谜什么的。”

“哦，我们也是。”

“得嘞，回见！”

“回见！”

这俩半大小子，都举拳在胸口一捶，跟棒球球员似的，范儿摆得十足。米格尔转身朝楼梯跑去，想上二楼。

“我们走！”卡尔说。他也跑起来，不过是往另一边楼梯跑去。

卡尔他们三人来到二楼平台，只见米格尔已经往三楼去了。卡尔眼见他消失在三楼一个房间里，立刻打开手里的游戏草图。

“你们看这张图纸——再朝下看看圆形大厅！”卡尔说。

“一模一样！”茜拉叫道。

“正解。圆形房间，围了一圈，正中央是张圆形的桌子。”

“帅呆了！”雅美叹道，“二楼围着平台正好十个房间，跟游戏盘上一样！”

卡尔轻轻敲着草图右下方画的转盘图案说：“看到没？转盘分成十种颜色区域，标记为数字0到9。”

“看上去跟大穹顶一样，”雅美道，“除了上面显示万花筒的时候，还有放视频的时候，搞得你感觉整个大楼都像在阿拉斯加滑雪一样。真是的，考虑过我眼晕的感受吗？”

“喏，游戏里面，玩家要进入十个房间，就是按杜威分类排列的阅览室，然后每间房里有关于一本书的一个问题。如果回答正确，就可以在自己的书架上放入一本书，然后继续前进。集齐十个房间里的十本书之后，差不多就是看谁先从图书馆出去了。”

“明白了，”雅美听起来激动不已，“妙极了！帅呆了！”

“不过还有点儿问题。”卡尔道。

“什么问题？”茜拉问。

“雷蒙赛罗先生设计的游戏，都喜欢留一道后门，类似捷径一样的东西，十分精巧，可以借其取胜，比如说《疯狂家庭》这款游戏——”

“对了，可以从输煤管溜到富翁的豪宅里去。”雅美想起来了。

“正是。还有刚才那个古堡逃亡游戏，查尔斯是从下水道钻出来的。说回《惊奇烧脑搜经狂》这款游戏，之前我哥哥科提斯能赢我——”

“你居然会输？”雅美一副震惊的样子。

“偶尔啦，我之所以输，正是因为科提斯找到了暗藏的捷径。”他点了点图纸上一处黑色的方块，“就是这个，直接把他带去了图书馆外面的大街。我就比他差了一步。”

“可是圆形大厅里面，没见到有什么黑色方块。”雅美说。

“会不会是这样？”茜拉说道，“这是个新游戏，所以雷蒙赛罗先生没把这个秘密方块放在主房间。”

卡尔点头道：“说不定我们要先玩通老版的游戏，才能玩好新版的游戏。”

“你真有才啊！”雅美赞道。

“我没才，我哥才叫有才，我只是爱玩罢了。对了，图书馆里到底有没有桌游啊？”

“肯定有，”茜拉回答，“我觉得。反正我爸老家的图书馆就有。”

“在哪个房间？”雅美问道。她已经打开手中的平面图了。

“叫青少年阅览室。”

雅美轻敲着图纸。“在三楼。走，楼梯在那儿！”

“咱们走！”卡尔也说。

三人还没挪步，突然听到雷蒙赛罗先生的声音在圆形大厅回荡。

“你确定要选‘极限挑战’吗，布里吉特？”

卡尔他们三个从平台边上望过去，只见布里吉特一个人站在图书馆员咨询台前，眼睛愣愣地盯着房顶。

“是的，先生。”她回答。

“你确定以及肯定吗？”雷蒙赛罗先生的声音从隐藏的音箱中砰砰传出，“还有二十二个小时，你可以去找出口。”

“我想现在就搏一把，先生，一次领先其他所有人。”

“悉听尊便。齐琴科博士？请重设雕像投影。”

壁龛中的十尊雕像闪灭，房顶周围空空的，一片黑暗。

“本次‘极限挑战’，是基于经典游戏《名家名作》的，”雷蒙赛罗先生解释说，“请看你卡片上的作家。”

就在雷蒙赛罗先生不停地报出作家名字的同时，房顶的投影也变成一组不同的图像，实在妙不可言。“查尔斯·狄更斯、雷蒙德·钱德勒、埃德加·爱伦·坡、阿加莎·克里斯蒂、派特丽夏·海尔史密斯、马里奥·普佐、弗里德里克·福赛斯、约翰·勒卡雷、达希尔·哈米特、费奥多尔·陀思妥耶夫斯基。”

“他写过《罪与罚》！”听到最后一位，布里吉特激动地说道。

“没错，是他写的。”

“其实，”布里吉特补充说，“以上所有作家都写过犯罪小说。”

“又答对了！不过这样太简单了。齐琴科博士，要不我们把游戏难度提高点儿？我们怎么把难度提到比天还高，才能让这些作家当得起‘极限挑战’呢？”

“简单得很，”齐琴科博士的声音在穹顶下回响，“布里吉特，给你两分钟，分别说出每位作家的四部作品。”

卡尔倒抽一口冷气。“这怎么可能！”他小声说道。

“有可能的。”茜拉接话，她已经准备好说答案了。雷蒙赛罗先生发令：“开始！”整个房间回响起时钟倒计时的滴答声。

“呃，好，”布里吉特开始说，“阿加莎·克里斯蒂，写过《东方快车谋杀案》《无人生还》《尼罗河上的惨案》《捕鼠器》。”

不知哪里传来一声“叮”，房顶那位简朴的英国女作家的图像消失了。

“爱伦·坡，他写过《莫格街凶杀案》《红死病魔的面具》《失窃之信》《阿芒提拉多的水桶》。”

又是一声“叮”，又消失了一尊图像。

布里吉特继续报书名。

“我的天，”卡尔小声说，“她读几年级啊，大四？”

“七年级，”雅美回答，“跟咱们一样。”

布里吉特一路过关斩将，只听“叮”“叮”声此起彼伏。

不过，时间也在滴滴答答地流逝。

“最后十秒。”雷蒙赛罗先生提醒。

可惜，布里吉特还是倒在了最后一位作家上。

“费奥多尔·陀思妥耶夫斯基，写过《罪与罚》，还有，呃，呃，那部讲兄弟的，什么‘兄弟’来着[1]——”

接着，她彻底卡壳了。

---

[1] 应该是《卡拉马佐夫兄弟》，布里吉特不记得全名了。——译者注

像汽车一样，没油了。

计时器响起。

“很抱歉，布里吉特，”齐琴科博士说，“我们建议过你啦，‘极限挑战’是非常非常难的。现在你只能退出比赛了，带着我们精心准备的礼物回家去吧。走之前请把读者证交给克莱恩斯。感谢你参加雷蒙赛罗先生的‘图书馆逃生’游戏。”

“我想清楚了，”卡尔弱弱地说，“这种什么‘极限挑战’，我是万万不会去找死的。”

“咱俩一样。”雅美也说。

“我倒可以试一试，”茜拉道，“也说不定。”

说完她把一张皱巴巴的纸拿给卡尔和雅美看，上面是所有十位作家的书名，不是每人四部——她居然写出来五部。

25

狮身人面像和金字塔投影

Mr.Lemoncello's Library

雅美抓着“青少年阅览室”的门把手晃了晃说：“门锁上了。”

“来，”茜拉说，“用我的读者证。”

“咦，”雅美说，“你这张读者证背面的书，又不一样哦。”

“看来，每个人的读者证都不一样。我的证上是《下课去埃及》和《威斯汀游戏》这两本。”

“两本都是讲游戏的？”卡尔说，“带劲啊。”

雅美把茜拉的读者证塞进门把手上面的读卡槽，只听咯嗒一声，卡尔一推，开了。

青少年阅览室里，墙面涂成了黄紫两色，地板上铺着旋涡的斑马纹地毯，还放着一排豆袋椅，几个沙发，设计成拼字游戏盘的样子，上面放的靠垫做得像一个个字母方块。

雅美碰了碰卡尔的腰：“喏，瞧！”

远远的角落里，有一个嘉年华时用的售票亭，里面坐着一个机器人。售票亭的顶子被拆掉了，上面挂着一个横幅，写着“游戏 & 娱乐”，而亭子里面坐着的人——

长得很像雷蒙赛罗先生本人。

不知怎么，卡尔想起自己以前在游戏机室里见过的那种“卓塔算命机”[1]。这个雷蒙赛罗人偶很像算命机里的那种，不过没戴头巾就是了。

“那个不会真是雷蒙赛罗先生吧？”雅美跟在卡尔身后说。

“不是，是机器人。”

亭子里的机器人头戴大礼帽，身穿亮红色的表演指挥装，一动不动。卡尔想，既然上面横幅写着“游戏 & 娱乐”，估计要玩游戏，得先跟机器人谈谈，过它这一关。

“呃——你好，”卡尔说，“我们想找一款桌游玩。”

铃声响起，口号声吹起，追光闪动，机器人雷蒙赛罗先生晃晃悠悠地活过来了。

“如果要玩游戏，只需告诉我游戏名称。”机器人的粗壮下巴一开一合，几乎与说的话同步。

“请问有没有雷蒙赛罗公司出品的《惊奇烧脑搜经狂》这款游戏？”

“你说呢？乔伊有没有多动症？艾拉有没有被施法术？[2]”

“什么？”

“就说是。”茜拉在旁边提示道。

[1] 一种游戏设施，投币后机器吐出一张纸条，给玩家算命。游戏机里通常有一个头戴穆斯林头巾的人偶形象。——译者注

[2] 此处提及两本知名儿童小说，主人公分别为乔伊·皮格扎（Joey Pigza）和艾拉（Ella），前者患有多动症，后者被施以法术。——译者注

“是。”卡尔老实回答。

“就是嘛。天灵灵地灵灵，我变！”

只听一阵机器声响，然后一阵嗡嗡声，接着是“嘎”的一声，售票亭前面打开一个大口子，一个游戏盒滑了出来。

“玩得开心点儿！”机器人说，“记住，输赢不重要，关键是玩法。别忘了认真看游戏提示——要不可玩不好哦！”

卡尔把游戏放到一张桌子上。

“好了，”他把盖子打开，“开工——”

突然“哗”一声，房门打开了。

“他在哪儿，在哪儿？”

只见安德鲁一头冲进来，手里挥舞着那本旧杂志——仔细一看，杂志名叫《科普月刊》。

“你找谁？”卡尔问。

“雷门赛罗先生啊。我听见他讲话了，他在这儿？”

卡尔指了指售票亭里一动不动的机器人说：“是个假人。”

安德鲁左瞅瞅右望望：“这屋里有摄像头吗？”

“就在门上面啊。”

安德鲁转身正对摄像头，卡尔、雅美和茜拉赶紧围住他们面前的游戏盒子，不让他看到。

“我要使用第二次求助！”安德鲁冲着摄像头喊道，“我要‘咨询专家’！”

“没问题，”卡尔一听这声音，就知道是齐琴科博士，“你想咨询哪位专家呢？”

“这本20世纪30年代的破杂志上面，有一篇文章讲怎么

GAME
AMUSE

开保险库的，我想咨询这篇文章的作者！”

“这个恐怕帮不了你，安德鲁。”

“为什么不行？这篇文章的作者简直是弱智，只写开保险库，没写怎么开银行大门。我搜索了一下，说这本杂志会介绍的！”

“不是跟你们说了吗？出口跟你们进去的入口不一样。”

“你们这是转移注意力！骗人的，故意把我们搞晕。”

“非也，安德鲁，是真的。那篇文章标题叫什么？”

“《新建银行保险库固若金汤》。”

“就是啊！文章名字不是提醒了吗？写这篇报道的记者，最后结论是盗贼‘打不开’保险库大门，这不明摆着吗？上网查资料时，要注意看清楚——”

“让我问一下那个大弱智！”

“很抱歉，那本杂志是1936年发行的，作者已经不在人世了。”

“这样，那我要跟雷蒙赛罗先生对话！”

“你说什么？”

“我要跟雷蒙赛罗先生讲话！”

“这个……有悖常规哦。”

“你们这个游戏也有悖常规！肯定是做过手脚，让米格尔赢，我一清二楚！所以雷蒙赛罗先生不敢跟我对质。”

这时，卡尔听到那个机器人偶又活过来了。

“安德鲁，你好哇，有什么需要我帮忙的？”

这次，雷蒙赛罗先生的声音听起来不像是录音，显然是其本尊通过假人在讲话。

“你这座图书馆太差劲！”安德鲁大喊道。

“哦，你们几个又去玩那个古堡下水道逃生的游戏了？”

“不是！是这篇白痴文章，本来里面应该有提示的，可是那个弱智作者该写的不写！”

“是这样。你能不能把要说的话整理成问题问我？”

“能问几个问题？”

“一个，然后就到此为止。”

“行。你是这个愚蠢的新图书馆逃生游戏专家，你告诉我，你最喜欢的选手米格尔跑哪儿去了？”

“这就是你最后的问题？”

“没错！”

“如果视频监控没出问题，小费南德斯先生，现在正在三楼另一侧的艺术和工艺品阅览室查东西呢。”

“我谢谢你了！”

说完，安德鲁甩门而去。

雷蒙赛罗造型的人偶往后一退，活力消失，回到了“关闭”状态。

卡尔从桌边跳起来，“快来！”他对雅美和茜拉说。

雅美叹了一声问道：“又要去哪儿呀？”

“去看看，别让安德鲁瞎捣鼓，回头他害米格尔出局就不好了。”

“请问这跟我们有什么关系？”

“米格尔是自己兄弟呀。”

雅美又叹了一口气，眼睛瞅了瞅自己的平面图，说道：“艺术和工艺品阅览室在圆形大厅另一侧。”

“茜拉，你在这儿守着游戏盒。雅美，咱们走！”

卡尔和雅美沿着三楼平台绕了一圈，来到另外一侧。卡尔扫了一眼手表，快三点了，其实他们这会儿真该集中精神玩这场游戏，而不该忙这忙那。

来到艺术和工艺品阅览室，只听一声大喊，然后门忽一下打开了，安德鲁匆匆跑出来。

他身后是一个狮头狮尾的埃及女人，和戴着眼镜蛇头饰的法老。

法老停住脚步，嘴里念念有词：“诅咒你耳屎里长洋葱！”然后一串串全息投影的象形物从空中飘过。

安德鲁一直跑到楼梯旁，抓住两边的扶手，一路冲向二楼。那些埃及人消失了。

卡尔和雅美迈进房间，只见米格尔坐在桌边，在看什么东西，像是一张蓝图。

“你没事吧？”卡尔问。

“好得很，谢了兄弟。”

“追安德鲁的那些东西，是从哪儿冒出来的？”

“都是巨型乐高狮身人面像和金字塔展览的全息投影。”

“是啊，怎么都去追安德鲁了？”雅美问。

“我不知道，他正冲我吼，突然法老和赛克迈特女神就冲他吼起来了。”

“赛克——什么？”卡尔没听明白。

“赛克迈特，”雅美说，“古埃及的狮子女神，也是战神，你没读过里克·瑞尔丹写的《红色金字塔》？”

“哦，我列进我的阅读计划里了。”或是，该列入阅读计划了。看来是要开列必读书单了，卡尔想，自己确实有必要赶紧恶补一下，要不跟别人没话说，好尴尬呀。

“我猜是中控室的保安看到安德鲁在这儿发癫，就把古埃及的投影打开了。”

“开得好，”米格尔说，“图书馆本来就应该是让人安静思考的地方。”

就在此时，茜拉突然冲进房间来。

“喂喂喂！你们刚走，那个雷蒙赛罗假人又吐出来一张奖励卡！”

26

家谱大揭秘

Mr.Lemoncello's Library

“聪明，真聪明。”查尔斯喃喃自语，把书里另一张印着剪影的卡片抽出来。图案是这样的：

这个封面容易找，就在馆员荐书里，书架上第三本。封面上是一个亮黄色的“让路”标志，书名叫《道路标志大全》，作者名叫艾比盖尔·萝丝·潘特，头衔是“知名交通学者”。这本书查尔斯也找到了，在二楼，按照杜威分类法，标为 300 的阅览室里。这个房间里全是社会科学类书籍，包括商业、通信，还有——没错——交通。

之前他根据门厅展柜里陈列的封面，已经在标为 700 的阅览室里找到一本书，叫《裁判的回击》。那本书是讲棒球的，封面在馆员荐书里，是第二层的第一个。查尔斯从这本书里得到的卡片上的图案，是一位裁判正在挥手叫球员“出局”，就像下面这样：

查尔斯把两张图上下左右仔细看了一通，仿佛读书一般。他知道自己的路数是正确的。路标的意思，是让汽车让路，也就是说让行人“通行”，而那本讲裁判的书，则是让他“出局”——也就是“出去”。

两张图放在一起，意思明显是“走出去”。

很显然，如果自己找齐馆员荐书所列十二本书中的十二张剪影卡，就可以从中找到“走出”图书馆的方法（不过先前发现的第一张卡片，上面有个四分卫传球的，跟逃出图书馆有什么关系，这个他还完全不懂——至少目前是不懂）。

“三张卡了，还有九张，”查尔斯自言自语，朝最近的监控摄像头眨了眨眼，“雷蒙赛罗先生，要是您现在能看得见，请容许我说一句：‘您真是绝顶聪明！’”

查尔斯还从来没有对着摄像头大拍马屁，倒是值得尝试一下，说不定雷蒙赛罗先生还会赏他点儿线索之类的。

可是没人送线索给他，反而送来了安德鲁·派克曼。查尔斯正走出300阅览室，只见这个死鱼眼书呆子气急败坏地冲下楼梯，沿着二楼平台顿足乱走。

“什么白痴图书馆！雷蒙赛罗有病！去他的狮身人面像，扯淡的女神！”

“为何闷闷不乐，安德鲁？”查尔斯喊他。

“这游戏真是渣，刚刚雷蒙赛罗居然派一群投影过来，拿乱七八糟的象形文字砸我，把我眼睛弄瞎了怎么办！”

“怎么瞎？就因为投影？”

“喂，那可是激光好吗！”

“那是，那是。对了，说到象形文字，哪儿能找到图形语言的书呢？”

“哼，我为什么要帮你？”

“你想啊，卡尔·凯利和雅美·休斯，还有茜拉·罗素，三个人是一伙儿的，我估计你那个朋友，米格尔，也差不多被他们拉去了。”

“米格尔才不是我的朋友！再说，要论在图书馆里找东西，他还差得远！”

“这个我知道，所以才拉你跟我一伙。”

“真心的？”

查尔斯笑了，像安德鲁这样的，实在是太容易摆布了。

“那还用说？咱俩合作，我保证，一定让你大名远扬，大家都会当你是亚历山大市中学的头号图书馆助理！”

“在400阅览室！”安德鲁脱口而出。

“什么？”

“你不是要找象形文字和语言类书籍吗，在 400 阅览室，要是找密码类的话，在 600 阅览室——再跟你讲具体一点儿，在 650 区。”

查尔斯一把抓住他的手握住：“欢迎加入查尔斯队，安德鲁！”

二人小队来到 400 阅览室，不知怎么搞的，里面漆黑一片，还有股松树味儿。

“Bienvenida! Accueil! Powitanie! Kuwakari bisha![1] 欢迎！”房顶上的喇叭传来震耳的欢迎声，“这里是 400 阅览室，是语言类书籍的天下。查尔斯、安德鲁，在这里，你们可以全面了解我们的传统文化。”

接着，一排聚光灯亮起。

查尔斯和安德鲁直愣愣的，面前是四个面无表情的假人。头顶上一部幻灯机打下光线到二号假人上，然后假人活了，是一个亲切活泼的女人，看上去像空中小姐。

“你们好，欢迎学习美国传统文化，我叫戴比，下面我们展开探索之旅！”

“不用客气了，”查尔斯说，“我们也挺忙的。”

“下面我们展开探索之旅！”戴比又重复了一遍。

查尔斯叹了口气，看来这玩意儿是关不了了，还不如速战速决，反正假人想听什么，自己就说什么好了。

---

[1] 不同语言的“欢迎”。——译者注

“那好吧，不过能不能讲压缩版？我们有点儿赶时间。”

“是啊，”安德鲁接着说，“明天中午之前我们还要逃出去呢。”

眼前这个假人身体一动不动，可是那张脸和身上的服装却看起来像活的一般，怎么看，查尔斯都会联想到迪士尼乐园的鬼屋里那些墓地的雕像。

“现在我们来查一下你们的家谱，”戴比说，“与此同时，请欣赏下面的介绍短片。”

“这也是游戏的一部分？”安德鲁小声跟查尔斯嘀咕。

“有可能。注意看有没有奖励的游戏线索。”

“收到。线索是什么样子？”

“这谁知道？”

戴比身后的一个屏幕突然亮起，上面播放的都是远洋轮船靠近自由岛[1]时，船舷上人们相拥欢呼的画面，画质很差。

“几十年来，”喇叭里传来旁白声，“公共图书馆一直致力于服务美国的移民群体，并以此为傲。移民成群结队来到美国，心中渴望自由，实现他们自己的美国梦。”

这些东西查尔斯一丁点儿兴趣也没有，毕竟他自己的祖上全是地道的“美国人”，从来只会说一种语言——英语。

“很多新移民来到美国以后，最先去的地方便是图书馆，为了学习这个国家的语言，为了继续了解他们离开的故土，也为了寻找就业机会，好让自己能够在这个新家里生活、生产！”

接着短片放完，屏幕暗了。

[1] 自由岛即纽约自由女神像所在的小岛。——译者注

“感谢您的关注，”戴比继续欢快地说，“你们的家谱已经查询完毕，下面，我们一起见见二位的祖先吧！”

话音刚毕，又有两个假人变亮，活了过来，两人都穿着传统的感恩节朝圣服。

“我已经知道这两位是谁了，”查尔斯说，“一个是约翰·齐灵顿，旁边那个是他夫人爱莲诺。两位都是乘坐‘五月花’号，来到普利茅斯的。对吧？下面可不可以继续介绍安德鲁的祖先，拜托？”

“当然可以。”戴比回答。

假人很快展示了一下安德鲁·派克曼的家谱。看来，他们家一开始姓皮克曼（Pickleman），因为他祖先是卖咸菜（pickle）的。假人先介绍了一长串姓“咸菜”的，然后展示安德鲁家最有名的祖先彼得·保罗·派克曼，这个人戴着牛角眼镜框，身穿小羊皮的运动外套。

“我，彼得·保罗·派克曼，曾于1968年参加电视竞技节目《集中注意力》，”戴比宣布，“结果赢了一屋子家具和木隔板，供我的娱乐室所用。”

查尔斯笑了笑。他知道这个电视节目，《集中注意力》跟雷蒙赛罗公司出品的《看图猜字》游戏非常相似。之前他去玩具店就买过这个游戏。既然彼得·保罗·派克曼也说自己靠这个游戏节目名声大噪，这进一步证实了自己的判断：只要将每一张图案拼凑起来，就能找到逃出图书馆的办法。

自己的思路一直都没错。

这些假人，等于又给了他一条奖励线索。

27

金鱼缸里的废卡

茜拉眼见第二张提示卡突然出现，兴奋不已，忍不住大声读出来：

“二加二可以大于四。二二相加却不是小事。”

雅美举起手。

“怎么了？”茜拉问。

“冒昧提醒一下，这里的米格尔同学，好像不是咱们队的吧？”

“呃——对了，抱歉。”

米格尔转身问卡尔：“你们组了个队？”

“没错。你要不要参加？”

“我考虑考虑，不确定。等会儿你再问我一下。”

“没问题。”卡尔回答。

他说完又捶了一下胸口，米格尔也捶了一下，两人伸手互比了一个“和平”手势[1]。茜拉插话说：“我猜，这句话的意思就是让我们组队行动。还记得门厅里喷水池上的话吗？‘知识若不分享，便是未知。’”

“我考虑一下，”米格尔说，“不是说了吗，我等会儿给你们回话，现在我自己有几条路子，还在研究，先让我单飞一阵子。”

“行啊，没问题。”卡尔本来还打算再来一遍“拍胸脯——碰拳——打手势”的套路，却突然心念一动，问：“喂，米格尔，快问快答啊——你的读者证上有什么？”

米格尔耸耸肩回答：“我的名字，还有数字1咯。”

“还有其他东西吗？比如背面？”

“也没什么，就是两本书的书名吧。”

“两本？”

“对啊。”

“什么名字？”

米格尔咬了咬嘴唇：“我不想说。”

“你觉得那两本书可能是线索？”

“觉得，没觉得，都不想说。”

卡尔点了点头。

“看来每个人的读者证背面，都有两本不同的书。”雅美自言自语，“‘二再加个二，却不是小事’，嗯，书名应该是线索。我证上两本书是——”

“哎——雅美？”卡尔冲她摇了摇头，然后又朝米格尔的位

[1] 即“剪刀手”，伸出食指和中指，平放胸前（不是放嘴边！），是青年人流行的手势。——译者注

置点了点头。

“哦，对，怪我。”

“那——好吧，米格尔，”卡尔说，“要是你决定了跟我们搭档，不管什么时候，就把你读者证上的两本书给我们看看，我们的也给你看，最后奖品我们四个人分。怎么样，成交？”

“成交。”

“来，咱们走吧。”卡尔朝出口指了指。

“去哪儿？”茜拉问。

卡尔声音放低：“去数字学习中心。”

“你还想去玩游戏？”雅美问，“都什么时候了？卡尔，我看你这队长的位置，我们得重新考虑了。”

“我不是去玩游戏，是想去查查废纸堆。”

“什么？”

“先放弃游戏回家的那几位，不是把读者证都丢到那个金鱼缸里了吗？”

“我跟你们一起去，”米格尔说，“我也正想去找那几张证。”

“行吧，”卡尔说，“无所谓。”

一行人来到游戏室，却见到大块头保安克莱恩斯双臂交叉抱在胸前，整个一个阿拉丁神灯里的精灵。看来他是在守卫那些丢掉的读者证。

“有什么需要吗？”他问。

“呃，是的，”卡尔回答，“我们想看看那个鱼缸里的读者证。”

“不好意思，”克莱恩斯回答道，“这可不能给你们。”

“不过嘛，”突然雷蒙赛罗先生的声音又响起来，房间里的屏幕上顿时都是他的脸，“你们可以把证件赢去！”

这次他系的是圆点花纹的领结，西装上衣很新潮，像电视游戏节目主持人那样，一只胳膊倚着细长的树脂讲台。在他身后，齐琴科博士身穿迷你裙，还是一身火红盛装，亮闪闪的，好像电视节目里指着奖品的模特。

“怎么样，你们四位，下面的游戏叫你求我愿，准备好了吗？”说着，雷蒙赛罗先生按了一下讲台上一个巨大的红色按钮，响起了预先录好的观众的口哨声、欢呼声，还有鼓掌声。

“呃，什么叫你求我愿？”

“是我发明的第一款被改编为电视节目的游戏！柠檬出品，包君满意！”

齐琴科博士突然唱起来：“柠檬出品，必属精品，不耍心机，柠檬第一……”

“多谢，齐琴科博士！”雷蒙赛罗先生最后说。他按了一下按钮，观众欢呼声又一次响起。“好了各位！玩法如下：只需解答一条简单的看图猜字题，你们四位即可赢取鱼缸里的五张读者证！”

“要是我们输了呢？”

“那也简单：你们四人的读者证都要输掉，放到鱼缸里，让下一位挑战者一搏输赢。”

他又按了一下红按钮，欢呼声响起，跟刚才的声音一模一样。

卡尔转身去问其他人："伙计们，怎么看？"

"来就来！"

茜拉也点了点头。

"米格尔？"

"算我一份，兄弟。"

"你这算是入伙了？"

"必须的。"二人击拳为盟。

然后，在这小小的房间里，又一次响起观众的欢呼声——看来雷蒙赛罗先生又碰了碰领结。

卡尔想，要是自己这几人玩游戏输了，读者证不保，又会播放什么音乐呢？

可能是痛不欲生的调调。

还有哭腔，号啕大哭也说不定。

28

看图猜词

Mr.Lemoncello's Library

“好了，”雷蒙赛罗先生宣布，“你们几个，准备好挑战——这个……‘不成功便成仁就为五张读者证’的游戏了吗？”

卡尔猛咽了口唾沫，然后点了点头。

“好，你们这些‘疯狂麦基’[1]，听好了，问题如下：类别是‘名人名言’，你们只有六十秒的时间，来解答这个画谜。”

“等等，”雅美说，“什么叫‘画谜（REBUS）’？”

“画谜有点儿像密码，通过图形和符号，猜出是什么词或词组。”卡尔回答她。

“举个例子，”米格尔进一步解释，“字母 R 和字母 E，再加上一幅校车（BUS）的图形，答案就是 REBUS 这个单词。”

“哦，明白，”雅美说，“听你们的。”

“有点儿像那个电视节目，”茜拉补充道，“就是《集中注

[1]“疯狂麦基”（Maniac Magee）：杰里·斯皮内利（Jerry Spinelli）的儿童文学作品《传奇小子》中的人物，该书获 1991 年纽伯瑞儿童文学奖金奖。——译者注

意力》。”

“不如说，更像我设计的那款《看图猜词》，”雷蒙赛罗先生说，“要是等下你们输了，我也会送你们这款游戏的家庭版，算是安慰。好，小凯利先生，你的队伍准备好了没？”

卡尔跟队友们最后确认了一次。

三人郑重地点点头。

“好了，先生。”

“OK，那么，预备，一、二，关门，放狗！”

话音刚落，雷蒙赛罗先生就从画面上消失了，滴答滴答的钟声响起，所有的显示屏上都显示出如下同样的画面：

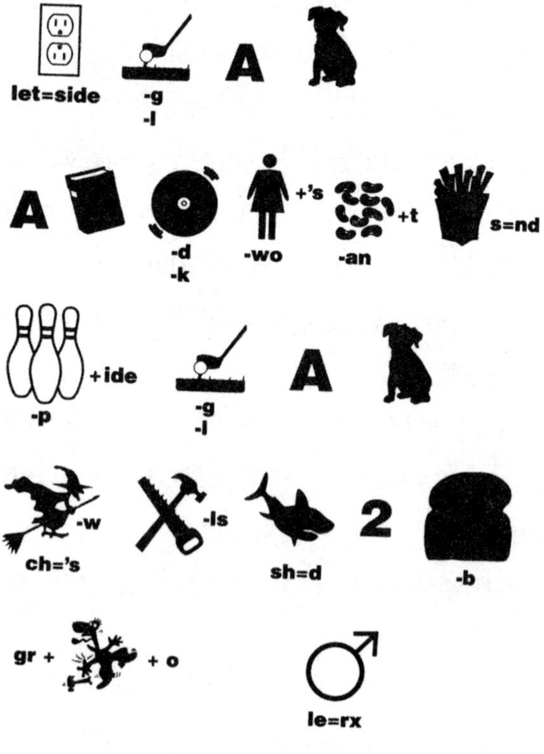

“可以说，我们死定了。”雅美哀叹道。

“还剩五十五秒。”雷蒙赛罗先生说。

“这样，我们把画谜分成四部分，”卡尔说，“第一排我来。”

“最后一排给我。”雅美说。

“那第二排是我的。”米格尔说。

“我第三排。”茜拉说。

“还剩五十秒。”雷蒙赛罗先生继续计时。

大家纷纷开工。

“我的这一排，一个男人用锤子砸到了自己的大拇指，前面是 gr，后面是 o，”雅美念念叨叨，“然后，是一个男性（male）标志，下面说 le=rx，Marx？是马克斯吗？喂，卡尔，是不是指马克思？”

卡尔没理她，他正忙着解自己的这一行。“把 outlet（插座）的 let 换成 side，”他喃喃自语道，“golf（高尔夫球）去掉 g 和 l，再加一个大写字母 A。”

“还剩四十秒。”

“dog（狗），”卡尔开始看第三行，他只需要解开第一个单词。“Bowling pins（保龄球瓶）去掉 p，加上 ide。”

“还剩三十秒。”

卡尔瞧了一眼米格尔，只见他嘴里念念有词，把他负责的那部分“名言”念叨出来。茜拉也差不多解出来了。

“你们准备好了没？”卡尔低声问。

“等一下。”米格尔说。

“二十秒。”

“好，开始。”

卡尔从第一行开始说：“狗之外，书籍是——（Outside of a dog，a book is……）”

米格尔接上来：“——人类最佳良友。狗之内——（……a man's best friend. Inside of a ……）”

茜拉接力道：“——狗之内，太黑了，书也没法儿阅读。格劳乔——（……dog，it's too dark to read. Groucho……）”

雅美最后收官：“——马克思！（……Marx！）”

“这是你们的最后答案吗？”雷蒙赛罗先生问道。

“是的。”卡尔回答，然后又把整句话重复了一遍，“狗之外，书籍是人类最佳良友；狗之内，太黑了，书也没法儿阅读——格劳乔·马克思[1]。”

铃声响起，灯光闪烁，观众狂喊欢叫，雅美和茜拉甚至尖叫起来，互相拥抱。

“恭喜你们，答对了！”雷蒙赛罗先生大声喊道，“诺维特小镇，看来是走不到尽头啦！[2]。卡尔队，这里是五张读者证，请笑纳！你们赢得光明正大！”

三楼的动静，查尔斯和安德鲁也听到了。铃声、观众高呼声，还有女孩子的尖叫声。

“快去看看！”查尔斯说了一句。

---

[1] 格劳乔·马克思（Groucho Marx）：美国著名电影演员，马克思三兄弟之一，其本人也很喜爱字谜。这句话是他的名言，也是文字游戏。Outside 可以理解为“除了……之外”，也可以理解为“在……的外面”。——译者注

[2] 此处是一个典故，来自2012年纽伯瑞儿童文学金奖作品《诺维特小镇的尽头》（*Dead End in Norvelt*），作者为杰克·甘图斯（Jack Gantos）。——译者注

于是，两人冲上楼梯来到三楼，朝数字学习中心偷看，只见卡尔和队友们正在互相击掌拥抱，房间里所有的屏幕上，显示的都是那道看图猜词题目。

“搞什么？”安德鲁小声嘀咕。

“看来他们比咱们领先了，”查尔斯讲话也很小声，“我们得抓紧。快，快告诉我，有一本书叫《好客之州印第安纳》，是伊芙·希里·阿莱斯迪写的，在哪儿能找到？”

“900 阅览室。”

“走！”

查尔斯和安德鲁匆匆下楼，赶去 900 阅览室。

到地方他们才发现，海莉·戴利已经捷足先登，手里拿着一本书，正是那本《好客之州印第安纳》。

“哦，你们好哇。”她把书一合，打了个招呼。

查尔斯朝她走近，脚步缓慢。

“这本书有什么好玩的吗，海莉？”

“没什么好玩的，”她咯咯笑了一下，“就是讲印第安纳州的，无聊得很。”

查尔斯清楚，她一定有所隐瞒。

“海莉，要不咱俩聊聊？”他转身看了看安德鲁，接着说，“就我们俩。”

“你那意思，让我出去？”

“是的，安德鲁，我这是为了我们队好，相信我。”

“好吧，不过你别想耍什么花样啊，我就在门口等着。”

“多谢了，安德鲁，就几分钟。”

于是，安德鲁出去了。

查尔斯微笑着又朝海莉走近一些，两人离得很近，他都能闻到海莉嘴里嚼的泡泡糖的味道，也许是她洗发水的味道，或者两种都有。

“来，到这儿来，”他一边说，一边拉住海莉的胳膊肘，“我发现一本书，可精彩了，你一定喜欢得要命。”他把海莉带到一排书架的后面，这个地方，屋顶上一闪一闪的摄像头无法监视到。

海莉跟着查尔斯一起来到书架后面。

她有自己的心思。如果查尔斯也在找自己手中的这本书，那就是说，他在这场游戏中，走的是跟自己相似的路子，那么查尔斯已经找到的线索，说不定自己也能用上，说不定，正是自己要找的。

“有人说，”查尔斯低声跟她说，“你的获胜作文是你爸妈帮你写的。”

海莉心里暗笑，很显然，查尔斯想吓唬自己，让自己加入他那一边。行，就先假装害怕好了。

“你说什么？”她低声质问，装作被吓了一跳，“胡说！我爸爸只是帮我检查了一下拼写。”

“呵呵，这么说你承认了，作文里的拼写有别人代劳？”

OK，看来是展示演技的时候了——让人检查自己的拼写，本来就不犯法。不过，既然要演——

她瞪大双眼，嘴唇轻轻颤抖：“查尔斯，你想怎么样？”

“想让你加入我们一伙。”

“我干吗要加入？”

“两个原因，第一，只要入伙，你作弊的事情，我就替你保密；第二，你刚刚在《好客之州印第安纳》里找到的那张剪影卡，只有我知道怎么用。”

“你真知道？”

“那是自然。我们把各自手中的线索分享，所有的图案放在一起，就会拼成一句话，告诉我们怎么找到出口。”

海莉笑了，这次是真心笑了，自己的计划简直完美，要么就是自己先集齐他们手中的线索，要么，就算是大家一起获胜，雷蒙赛罗公司产品的电视广告里，明星也只可能是自己，因为自己才有“明星相”。查尔斯和安德鲁？别开玩笑了。

“行，”她回答，“就这么定了，我入伙。”

她把自己在书里找到的线索递给查尔斯。图片是这样的：

“一点儿没错！”查尔斯说道，“好客之州可不就是印第安纳嘛！[1]”

[1] 以上图案是美国印第安纳州地图的形状。——译者注

29

需要一套新题卡

Mr.Lemoncello's Library

“爽啊！”卡尔带头，四人小队沿着平台兜回青少年阅览室。“九张读者证在手，感觉就是酸爽！”

四人围在一张桌子前。

“好了，各位，请大家各自亮出底牌——还真是哦，牌都拿出来。”

几人把自己的读者证往桌上一放，卡尔将赢得的五张一起摊开，雅美找了一张纸，把所有证件上的信息都写在一起：

读者证背面书目

1. 米格尔·费南德斯

《大草原的奇迹》，作者：艾伦·W. 埃克特

《大卫，不可以》，作者：大卫·香农

2. 雅美・休斯

《一条鱼 两条鱼 红色的鱼 蓝色的鱼》，作者：苏斯博士

《九故事》，作者：J. D. 塞林格

3. 未知

4. 布里吉特・魏杰

《四年级废物外传》，作者：朱迪・布鲁姆

《哈利・波特与魔法石》，作者：J. K. 罗琳

5. 茜拉・罗素

《下课去埃及》，作者：济尔法・基特利・斯奈德

《威斯汀游戏》，作者：埃伦・拉斯金

6. 叶思曼・史密斯－辛德

《八十天环游地球》，作者：儒勒・凡尔纳

《牦牛说“我呸”》，作者：卡罗尔・帕格利亚诺－马丁

7. 肖恩・基根

《奥莉薇》，作者：伊恩・福尔克纳

《真不可思议》，作者：保罗・詹宁斯

8. 未知

9. 萝丝・沃米特

《不是一家人不进一家门》，作者：悉尼・泰勒

《猫咪去去去》，作者：卡尔·希亚森

10. 凯拉·考森

《安娜对无限力量》，作者：米尔德里德·埃姆斯

《人行道的尽头》，作者：谢尔·希尔弗斯坦

11. 未知

12. 卡尔·凯利

《我爱你，臭臭脸》，作者：莉萨·麦考特

《打瞌睡的房子》，作者：奥黛莉·伍德

“哇，”茜拉说道，“好书还真不少，不过这些书名和作者名，是什么意思呢？”

“意思是我们还需要查尔斯、安德鲁和海莉三人的读者证。”卡尔回答。

“真的？”雅美不禁说道，“要我说，这么多信息，已经够忙乎的了。”

“嗯，”卡尔说，“说不定等会儿咱们就能找到线索，然后根据那条线索，来解开这条线索。

“该怎么操作呢？”米格尔问。

“玩过这个没有？”卡尔指了指那个《惊奇烧脑搜经狂》的游戏盒子。

“没有，不过一直想玩来着。”

“我们刚才正准备开始玩这个。”

“这能帮我们找到出口出去吗？”

“必须的！”雅美插话说。

“帅。”

“对了，”卡尔问米格尔，“刚才你在艺术和工艺品阅览室找到了什么？”

“是啊，”雅美也说，“就是你一直藏着掖着不给我们看的那几张纸。”

米格尔咧嘴一笑：“其实是以前金叶银行的蓝图。”

“有想法，”卡尔说，“有了蓝图，就可以找找以前的出口，说不定还在这些墙里。”

“没错。”

“找到出口了没？”

“没，连隐藏的窗户也没有。”

“就是咯，搞什么鬼嘛，盖楼居然留这么少的窗户？”

“我猜是为了防银行窃贼。”卡尔说。

“答对了，”米格尔说，“进来的唯一入口，就是正门，紧急出口只能从楼内打开，跟电影院一样。保险库则位于地下室。”

“也就是说，雷蒙赛罗先生把以前的安保措施全数保留，”卡尔总结，“然后又加装了自己的安防设备。”

“应该是这样。”

“这样的话，只能希望《惊奇烧脑搜经狂》带我们找到另外的出口了。”

“而且还必须加快速度，”雅美说道，“别忘了，这游戏可不止我们四个人在玩，说不定其他人都已经快出去了。”

“好，听我说，”卡尔解释，“这款游戏玩法很简单，转动转盘，然后指针指到哪儿，就挪动自己的棋子多少步。在‘图书馆’里转动，走进每一间杜威分类法标示的房间，然后根据问题卡，回答一道题，拿走一本书。如果猜错了，下次再进入该房间时，拿到的问题卡就不一样了。每个玩家有一个‘书架’，谁先把书架上的十个空位填满，谁就赢了。”

“有点儿像《打破砂锅问到底》，”茜拉接着说，“问题也不都是很难，大部分都是多项选择。”

“先试一题！”米格尔急不可耐了。

所有的题卡分成十叠，颜色不一，一叠对应一个房间。卡尔挑了一张绿色题卡。

“好，这张是800阅览室的，文学类。‘弗罗多·巴金斯重病缠身，身后有戒灵追赶。葛罗芬戴尔的精灵战马驮着他，安全跨越布鲁南河。这匹精灵战马的名字是：A. 艾斯弗戴尔，B. 艾斯法洛斯，C. 阿尔马立安，D. 安哥拉切尔。’”

雅美不断摇头，好像脑子里长了虫子一样。“什什什么玩意儿？”

“我看答案是A。”米格尔说。

“选B，艾斯法洛斯，”茜拉说道，“这是《指环王》里的，作者是J. R. R. 托尔金。”

卡尔翻过卡片，宣读答案：“答对了，你获得一本《指环王》，可以放到自己的书架上。”

“我说，卡尔，”雅美跟着问，“知道什么精灵战马的名字，怎么就能帮我们逃出去呢？”

“说不定这里面有什么密码，”米格尔出主意，“说不定赢到的十本书，书名可以组成一句话，告诉我们怎么出去。”

“有可能，”卡尔说，“不过有一个问题。”

“什么问题？”

“太随机了。雷蒙赛罗先生不可能提前预知我们会抽到哪十张题卡。”

“嗯，”茜拉说，“说不定一共只有十道题，一个房间的卡上都是同一道题。”

雅美抓过一叠卡，把卡片摊开来。“不对，每张卡的题都不一样。”

“等等。”卡尔说。

他突然想起另一款雷蒙赛罗公司出品的游戏，就是《跟雷蒙赛罗先生屋里屋外寻宝》。

他记得，以前妈妈曾经写信给雷蒙赛罗公司，请他们寄一套新的题卡来。

他转身朝墙角的一个摄像头大声说：“麻烦你，我想用一下‘咨询馆员’的特权。”

“怎么了？”米格尔问。

“我有直觉，试一下。”卡尔回答。

托本太太的投影出来了，站在青少年阅览室馆员桌子后面。

“卡尔，有什么可以帮你的？”

“我和我朋友想玩《惊奇烧脑搜经狂》这款游戏，我们想问一下，有没有一套新题卡？”

“有的，卡尔。”

然后，一套新题卡从桌上的卡槽里蹦了出来。

本地图书馆指南

Mr.Lemoncello's Library

“咱们只玩一个书架的。”卡尔说。

“因为咱们都是一伙儿的，对吧兄弟？”米格尔问。

“没错，还有一条，时间紧张，一天时间也没有。”

“其实呢，”雅美插话道，“是有一天时间的。今天，还算上明天上午呢。”

“简单来说，就是还有十九个小时。”米格尔说。

“可是，别忘了还有查尔斯他们几个，”茜拉说，“他们也会抢先哦。”

“是的，”卡尔说，“毕竟他是姓齐灵顿的，据说姓齐灵顿的，从来战无不胜，查尔斯‘大人’不是说过吗？米格尔，你是最后入伙的，你先转指针。”

米格尔双手搓了搓，又活动了活动关节，练练把食指搭在大拇指上再弹开，一切就绪，手指活动自如，要弹手指也没问题。

“我紧张得脑袋都要炸了，拜托你就赶紧转行不行？”雅美忍不住催他。

“没问题。”米格尔弹了一下塑料指针，指针在纸板上转动，纸板是方形的，分割为十个颜色不一的三角。

“啊哈！三个0！是常识类书籍！”

“呃——这不是好事。”卡尔回答。

“怎么不好？”

“三个0，就是说一步也不能前进。”

“命真苦。”

雅美唰一下举起手。

“怎么了？”卡尔问。

“是不是一定要转转盘算步数这么麻烦？我们时间可不多，听听，秒钟滴滴答答的，在催咱们呢！”

“要不我们直接抽一张粉红色的题卡算了。”茜拉建议。

“不过，这游戏不是这么玩的哦。”卡尔犹豫道。

“哎，我们又不是真要玩这一款游戏，”雅美说，“我们玩的是逃生游戏，那才是正经事儿，赢了有巨奖的！”

“你别说，雅美讲得有道理，我同意。”米格尔也说。

“好吧，”卡尔说，“虽说不合规矩，但是——算了，抽张粉红色题卡。”

“你确定你OK，兄弟？”

“让你抽你就抽！”

米格尔麻溜地把新题卡分为十种颜色，然后把粉色那堆最上面一张卡片拿起来。

“嗯，这些卡跟普通的卡不一样。”

他把卡片翻过来，递给大家看。卡上的问题是：

0+27+0.4＝？？？？

“小菜一碟，”雅美脱口而出，“答案是 27.4，因为 0 等于没有，不用算。切，太简单了。”

“数学上是不算 0，”米格尔说道，“可这不是数学题。这题考的是杜威分类法，在杜威分类法里，小数点左边始终是三位数。”

“也就是说，我们要找一本编号为 027.4 的书！”茜拉马上就反应过来。

“好吧，”雅美说，“不过，我敢保证，这要是数学书，数学老师得气死！”

四人沿着平台，绕到杜威分类法标记的房间这边。

“找到了。”米格尔说了一声。是标记为 000 的阅览室。他把自己的读者证插入门上的读卡器中。

“好，”米格尔跟大家介绍，“这里的书，都是常识类书籍。比如历书、百科全书、文献目录，还有图书馆学的书籍——”

“图书馆学还是一门科学？”雅美惊讶道，“化学原料在哪儿？”

“都在图书馆专用的糨糊里。”茜拉开玩笑说。她这会儿也放松了许多，居然连续几个小时没有看一页书了。

“找到啦！”米格尔欢叫一声，伸手取下一本书来，“编号027.4。哇，不知哪年的旧书了，你们看，书页都黄了。”

“这本古董叫什么名字？”雅美问道。

“《本地图书馆指南》，作者是艾米·阿莱希尔和艾琳·道宁。”

米格尔把书举起来，这样大家都能看到封面。封面上的图画是一个卡通风格的侦探，头戴方格纹帽子，手拿放大镜，正仔细研究书架上的书。

“像是给小孩子看的图书馆指南书。”米格尔说。他翻开封面，读了读里面一页上的内容，“1952 年首版，”他又翻了几页，“讲的是杜威分类法，还有图书馆常用术语，以及图书馆简史……”

一直翻到书最后。

“这个厉害了。”

“什么？”卡尔问。他凑上前来，其他几人也凑过来看。

“这是老早以前的借阅记录卡，是以前的亚历山大公共图书馆用的。”

“就是后来拆了的那个？”

“没错。看到封底上面的卡套没？用胶水粘在上面的，用来插放这张卡的。这是以前图书馆用的，那时候人们把还书日期戳盖在格子里，然后你得在借阅人栏写上自己的名字。”

“还有呢？”

“看看，1964 年 5 月 26 日那天，谁借过这本书？”

卡尔和其他两位一看，赫然正是——“路易吉·雷蒙赛罗”。

在一楼的查尔斯，正要用读者证打开一号会议室的门。

“是谁要进入本阅览室？”突然屋顶传来柔和的声音。

“是我和我的搭档，”查尔斯回答，“安德鲁·派克曼，还有海莉·戴利。”

“谢谢回答。请让安德鲁·派克曼、海莉·戴利两位也持本人读者证刷卡。”

两人依言刷卡。

“谢谢。一号会议室的主人现在是查尔斯·齐灵顿，任何人想要进入，都需要经过查尔斯·齐灵顿的同意。祝大家会议成功。”

查尔斯等三人进入会议室，里面干净整齐，处处洁白，一尘不染，装饰极其现代。会议室中间是一张玻璃面的长桌，周围摆放了十二个舒适的椅子，另外还有一个柜子，里面都是最新、最高端的音视频设备。

“可以直接在墙上写字，”安德鲁说，“跟咱们学校的智能白板差不多。”

“妙极了。”查尔斯回答。他双手背在身后，开始在屋内踱步。“这样——我们找齐全部十二个图案，根据馆员荐书展柜里摆放的顺序，把十二幅图依次摆放，我敢肯定，绝对是一道字谜，最后合在一起是一句话，能详细告诉我们怎么逃出去，而又不会触发任何警报。好，现在咱们把各自手里的图卡都摊开在桌上。”

海莉点点头，又从牛仔裤后面口袋里抽出两张带剪影图案的卡片。

“有一张是我在一本烹饪书里发现的，”她说，“还有一张是在一本青少年小说里发现的，书名叫《少女神探——紫丁香客栈迷案》。”

“这个抽屉里有空白的记事卡，”安德鲁说，“我们可以用这些卡暂代还没找到的书目。”

于是，三个人在桌上把所有线索拼在一起，总共四行三列，就像下面这样：

“这作何解呢？”安德鲁问道。

“很容易解，”查尔斯回答，“意思就是，咱们还得接着找齐另外六张图！”

31

秘密的玻璃电梯

Mr.Lemoncello's Library

“来，都说说，让我们找到这本书，是几个意思？”卡尔问大家。

这时，他们已经回到青少年阅览室，都盯着那本《本地图书馆指南》的封面。

“这会儿还言之过早，”米格尔说，“我们先接着往下玩，说不定还要去其他房间，找到其他线索，到时候才知道这本书是什么意思。”

“下面轮到谁了？”雅美问道。

“轮到你了，”卡尔回答，“弹一下指针。”

雅美弹了一下塑料指针。

“是紫色！”她大叫一声，只见箭头慢慢停止。“是 800！”

“这样就可以移动八步。”卡尔嘀咕道。

“可惜今天不是这么玩的。”雅美把那叠紫色卡片最上面的一张抽出来，看到卡片上写的内容以后，她皱起眉头。

“提示是什么？”卡尔问。

“是关于文学？修辞学？还是文学评论？”米格尔也问道。

“都不是，”雅美回答，“是一张万能牌，还带个谜语。”

“读来听听！”茜拉叫道。

“什么跟dart、crackerjacks押韵，去那里找安迪（Andy）的韵。”

“这里面有安德鲁[1]什么事？怎么还把他的小名印到游戏卡上了？”卡尔有点儿晕。

“我说兄弟，”米格尔说，“咱们这个安德鲁，没人跟他那么亲密，会叫他的小名。这里的安迪，很显然是指安德鲁·杰克逊，美国第七任总统。”

“也可能是熊猫安迪（Andy Panda）！”雅美说。

“或者是安德鲁·卡内基（Andrew Carnegie），”茜拉也加入讨论，“安德鲁·卡内基一直很支持图书馆事业。”

“好了好了，”卡尔说，“大家专心点儿，先解第一部分的谜面。什么是跟dart、crackerjacks押韵的？”

“smart、heart attacks?”米格尔说。

“art、bric-a-bracs?”茜拉说。

“是art，artifacts！”雅美突然想起来——可不正是艺术和工艺品阅览室（Art and Artifacts）嘛！

大家匆忙来到艺术和工艺品阅览室。

“大家注意，仔细检查所有展柜，”卡尔提醒，“看看有没

[1] 安迪（Andy）是安德鲁（Andrew）的昵称。——译者注

有什么跟Andy押韵的。”

“唔，这个老银行大楼的模型呢，倒是很grandy(大气)，”米格尔说，“还有，那边的埃及金字塔和狮身人面像，如果是真的，不是乐高积木，那应该也比较sandy（沙子做的）。”

“说得没错。”卡尔表示。可听他的语气，他显然觉得这“错得很”。

“喂喂，你们看！”雅美大叫起来。她正在研究一排用来展示帽子的泡沫头部模型。“这顶1968年的格纹呢帽是一个叫里尔泼尔德·劳布劳里(Leopold Loblolly)的人戴过的。”

“那又怎么样？”卡尔问。

“看这牌上写的，劳布劳里(Loblolly)是20世纪60年代臭名昭著的丹迪帮(Dandy Bandit)成员。Dandy跟Andy可是押韵的哦！”

“确实押得上，”米格尔说，“不过劳布劳里(Loblolly)不押韵啊！”

“里尔泼尔德(Leopold)也押不上。”卡尔补充。

“跟Andy押韵的是Candy(糖果)！”茜拉突然大声说道。她正盯着一个展柜里的展品仔细端详。展柜上面的条幅上写着“欢迎来到威利·旺卡[1]的奇妙世界”。

“妙！”米格尔赞了一声，赶忙过去欣赏各种展品——有“大块硬糖”，有“莱飞水果太妃糖”，有“精灵糖[2]”，等等，都放在玻璃展柜里，下面铺着紫色丝绒。

---

[1] 威利·旺卡（Willy Wonka）是罗尔德·达尔（Roald Dahl）的儿童小说《查理和巧克力工厂》(*Charlie and the Chocolate Factory*)中的人物。——译者注

[2] 一种包装形似吸管的粉状糖果。——编者注

“说起来，雷蒙赛罗先生跟威利·旺卡真有点儿像。”卡尔说。

“你是说两个都疯疯癫癫的？”雅美说。

“我觉得用‘怪异’比较好。”

“齐琴科博士，就是他的‘小矮人’。”茜拉加了一句。

然后大家一阵哈哈大笑。

“哪有，”雅美逗趣说，“她不够矮。”

“也不够橙色。”米格尔补充说。

“威利·旺卡的书作者是罗尔德·达尔，”茜拉说道。估计她一口气能说出这位作家的十二部作品。“书里面，旺卡先生带着查理和乔爷爷，坐着玻璃电梯一直往上冲，直到冲破自己的巧克力工厂的屋顶。”

人人都开始遐想那一幕。

“那就是说，我们要找玻璃电梯？”雅美问道，“可是平面图上没有显示有这么一部电梯哦。”

“不过雷蒙赛罗先生这么任性，说不定真就造了一部，”卡尔说，“而且，如果他真的造了电梯，也不会在平面图上画出来。”

“不会吧，”米格尔说，“这样的电梯，是人都想坐坐试试。”

“反正我想坐。”茜拉说。

“这么说，咱们真的要去找这么一部秘密的玻璃电梯？”雅美又问。

“也许真有，”卡尔说，“也许没有。这又是整个巨大拼图游戏中的一小块碎片，不把所有碎片都收集齐了，是看不清整幅图的。”

“要是有人把游戏盒子给我看看也成，上面有图。”雅美又逗得大家一阵笑。

“你们瞧，现在才六点，”卡尔说，“我们已经收集了一大堆的重要信息了。”

“要我看，是一大堆的散乱信息才对。”雅美说。

“怎么说呢，”米格尔说，“只要再多发现一些线索，就能运用福尔摩斯有名的推理法，从所有看似零乱的垃圾信息中发现逻辑关系。”

“我看行，”卡尔说，“不过要是想学福尔摩斯，咱们还得继续转指针，继续找线索。”

“好戏开场啦！”茜拉说了一句。

“你说什么？”卡尔和雅美同时问。

“哦，抱歉，没什么，就是书里面，福尔摩斯一激动就会跟华生医生说那句话。”

夏洛克·福尔摩斯，嗯。卡尔意识到，自己的书单里，又多了不少要读的书。

32

令人费解的索书号

Mr.Lemoncello's Library

“好了，茜拉，”卡尔说，“轮到你了。”

茜拉弹了一下转盘指针，指针停在黄色的 200 区域，于是她抽了一张黄色的题卡。

“一定是 200 类没错。”她说。她把手中的提示给米格尔看看，接着又给卡尔和雅美看看。

“这就奇了怪了。”米格尔说。

“什么奇怪？”雅美抢在卡尔之前问道。

“200 类是世界宗教类书籍。”

“这张卡上可有两个数字哦。”茜拉提醒。

“会不会这次要找的是两本书？”卡尔提出意见。

“不清楚。”茜拉回答。她仔细端详手中的卡片，“220.5203，这明显是个索书号。”

“没错。”雅美说。

“可另一个号码的格式却不符合索书号。2.20.15。”

“2015 年 2 月 20 号！”雅美反应倒是快，“快想想——那天有什么事情发生？”

“呃，没人知道，”卡尔说，“那天还没到呢！[1]”

“哦，也对。那么，1915 年 2 月 20 日呢？”

“那天是巴拿马太平洋世界博览会开幕日，地点是旧金山。”茜拉脱口而出。

其他人再次懵圈。

“哦，不好意思，我很喜欢研究世界展会。”

大家只能点头如捣蒜。

最后还是米格尔说话了：“这样吧，我们先去 200 阅览室，找到 220.5203 这本书，至于第二条提示，等会儿再说。”

于是，四人小队又前往二楼，绕过圆形的平台。

“哎？”茜拉顺着中庭往上瞧，看着大穹顶周围的雕像投影说：“之前布里吉特选择‘极限挑战’时，不是答对一个，上面的投影就少一个吗？”

“对啊，”卡尔说，“布里吉特答得不错，最后卡在那个俄国佬上。”

“哪个俄国佬？”米格尔问。布里吉特答题时他没看到。

“就是写了五六本书的那个，问茜拉，她全都看过。”

“你们看，”茜拉说，“现在上面那些作者的投影，又都回来了，跟昨晚一样。”

“这么说，”卡尔思忖了一会儿，“要是把投影关了又开的话……”

[1] 本书原版出版于 2013 年。——编者注

“那这些投影，肯定就是给我们提示的线索！”雅美脱口而出。她把自己的平面图打开，拿起一支笔，“我把这些作家名字记下来。”

“从大穹顶下面 000 区的那哥们儿写起。”卡尔建议。

“对啊！”

雅美看了看雕像底座的标牌，把所有作者的名字依次记了下来，分别是：

托马斯·沃尔夫、布克·T. 华盛顿、斯蒂文·桑德海姆、乔治·奥威尔、路易斯·卡罗尔、苏斯博士、玛雅·安吉罗、谢尔·希尔弗斯坦、“匿名博世”[1]、陶德·斯特拉瑟。

“好吧，”雅美写完之后说，“你们说，这游戏还能搞得更复杂么？”

“还真有可能更复杂，”卡尔说，“说不定雷蒙赛罗先生设计了好几条不同的方案，都可以解谜找到出口。”

“唉，反正我一次只能找一条路。”雅美说，“走吧，去找找那个二、二 O 点几的什么东西去。”

“应该在下一排书架上，”米格尔说，“就是这儿了，220.5203，是钦定本《圣经》。”

---

[1] “匿名博世”（Pseudonymous Bosch）是一位儿童小说家的笔名，真人不详。——译者注

"啊哈！孺子可教，选得妙！"突然有人说话，带着浓重的德国腔。

四人迅速转身。

一转过身，就发现一个半透明的人物投影，正与他们面对面。这个人身穿中世纪服装，戴的帽子边缘都是软毛，一把大胡子看上去仿佛两只浣熊尾巴，缝在他的唇上和下巴上。

"我乃约翰内斯·古腾堡[1]是也 。"投影人物说。他的手指上都是墨迹。

"《古腾堡圣经》就是你印制的！"茜拉脱口而出。

"是滴，是滴，那书卖得可好啦！有什么跟《圣经》有关的问题，我愿意效劳。"说着他还鞠了一躬。

"呃——OK，"雅美说完转身冲米格尔叫道，"米格尔，你上！"

"咳——咳！那个，古腾堡，呃，先生，我们想找 2.20.15。"

"Das ist einfach！"

"你说什么？"

"太简单啦！二,二十,十五，不就是《出埃及记》，第二十章第十五节嘛！"

"可不是嘛！"米格尔叫道，"《出埃及记》是《圣经》第二卷，二十和十五分别是章节序号！"他翻看着手里的书，"找到了！《出埃及记》，第二十章，第十五节——是《十诫》之一，'汝不可偷盗'。"

[1] 古腾堡，西方活字印刷术的发明人。——译者注

33

尝试解码

“来，咱们把那两张新卡也摆在桌上。”查尔斯说。

查尔斯和自己的队友（说是队友，可是他早已做好打算，一旦找到出口，自己立刻单飞，抢先出去）已经在图书馆里到处搜寻了几个小时，寻找与那些封面对应的书籍。

安德鲁虽然口口声声说自己了解杜威分类法，可其实完全不是那么回事儿。查尔斯需要熟悉图书分类的人，平时他一旦要写什么论文或者报告，爸爸都会专门雇家教或者研究助手来帮他。

最后差不多六点左右，他们终于找到了两本，巧了，都是在 600 阅览室里找到的。一本是《我们的茶》，索书号是 641.3372，一本是《减肥何须等？》，书号是 613.2522。

到此为止，他们手中的图案只缺四张了。

“好了，”安德鲁说，“很清楚嘛。‘毛茸茸，空白，向前走，瘦长的，空白，空白，屋子，印第安纳州，19，空白。’”

查尔斯点点头说：“嗯，很有意思。”其实他清楚，安德鲁纯粹是乱说一气。

“呃——喂？”海莉说，“什么乱七八糟的？”

“一点儿也不乱。”安德鲁回答。

“呃——乱得很。”

其实查尔斯心里已经在暗暗解码，他的答案是“母羊（ewe），空白，走出，那条[The，也就是T（tea，茶）+H+E]路（way，与表示称重的weigh同音），空白，空白，旅馆（Inn），在里面（‘In’diana，印第安纳州），传球（passed），空白。”

不过他嘴上可没说出来，而是说：“看来安德鲁的答案还需要修改。”

“随你们的便，我才不在乎呢。”安德鲁一屁股坐在椅子上，开始生闷气。

“她（She），空白，走出瘦长的（walk out the skinny），空白，空白，房子（house），五百（500），路过（past）空白。这个怎么样？”查尔斯问。

“你从哪里想到的 She？”海莉问。

“从 Sheep（绵羊）啊，就是你找到的那张卡上的。”

“其实我倒是觉得，绵羊应该是代表 you（你），因为母羊不是叫 ewe 吗？ ewe 跟 you 发音一样。”

“妙啊！”查尔斯假装称赞，“这个我是想不出来。”

不过有件事他是真没想到，就是原来海莉比他想象中聪明得多，看来这个妹子对自己威胁不小。想跟查尔斯并列第一，那是做梦，尤其是这么一个女生。

“你又怎么从‘印第安纳州’想到数字 500 的？”

“很简单，印第安纳州首府是印第安纳波利斯，当地有一项知名赛事，叫‘印第安纳波利斯 500 英里赛车’，简称 Indy 500。”

“好吧。那这样呢？你们（you），空白，走出瘦长的（walk out the skinny），空白，空白，在里面（in）——南希·德鲁那本书是关于旅馆（Inn，与 in 同音）的——路过五百（500 pass or past），空白。”

这会儿安德鲁开腔了："这可比你说的靠谱多了，查尔斯。"

"确实，"查尔斯大度承认，"也许这条线索，就是让我们去找一条瘦长的通道，位置在经过图书馆某个地标之后500步。"

安德鲁很兴奋："简直跟《金银岛》里的海盗藏宝图一样！"

"先别激动，"海莉说，"要我看，还是让我们先去把剩下的四本书找齐。咱们还是分头行动吧，我去400阅览室。"

"我们不是去过了嘛。"安德鲁说。

"说不定你们漏掉了什么东西。"

"好主意。"查尔斯说。他想的是，反正自己和安德鲁已经找过了，海莉愿意浪费时间再去找一遍，随她的便，最后肯定一无所获，那么她对自己的威胁也就少了。"咱们回头还在这儿会合，七点吧。"

"行。"

海莉离开会议室。

查尔斯走到门前，关上门。

"其实我们最需要的，你猜是什么？"他问安德鲁。

"唔，巧克力牛奶，再来几块饼干？"

查尔斯摇了摇头说："不是吃的，安德鲁。我们最需要的，是卡尔他们那帮人找到的线索，不管是什么线索。要是他们先找到我们少的那几张卡，那咱们就更得搞到手了。"

34

特别魅力奖

Mr.Lemoncello's Library

海莉一到二楼，立刻往左朝 400 阅览室走去。

她认为，在语言类阅览室，查尔斯和安德鲁大概有所疏漏，估计两人当时忙于跟“炫酷的机器假人”交谈，听机器人跟他们普及“美国历史传统”呢。

绕过大厅中心时，她看到卡尔一行人正从 200 阅览室仓促地跑出来。

好像米格尔手里还拿着一本《圣经》。

可《圣经》封面不在馆员荐书展柜里。

“殊途同归，”海莉暗念，“不知何时，两条路终将汇合。”

海莉把读者证插入 400 阅览室房门的卡槽，门锁“咔哒”一声打开了，她推开门。

室内灯光昏暗。

“Bienvenida! Accueil! Powitanie! Kuwakaribisha! 欢迎！”屋顶的喇叭里响起震耳的声音。

“抱歉。”海莉说了一句。她摸索着向前走，突然撞到一个硬邦邦的东西。

“这里是400阅览室，语言类书籍全部在此。海莉，在这里，你可以了解美国传统历史文化。”

接着，一连串射灯亮起。

海莉发现面前是一个假人，商店里那种，而自己正与之撞个满怀。

此时头顶上的投影仪打下一束光，左边的假人活了过来，是个女人，长得看起来估计就是海莉大学毕业几年后的样子，活力十足。

“海莉，你好！欢迎来了解你的家族史，下面我们就开始吧！”

“不用了，我这会儿没时间。我叫海莉·戴利，祖先是爱尔兰人，行了没？历史课就不用上了，我——”

话音未落，她的曾曾祖父母就出现了，也是两个假人，带着怀旧发黄的色调。海莉一看就知道是自己的祖先，因为爸爸在家里挂了很多以前的旧照片，这两个假人，跟自己曾曾祖父母——派德里克·戴利和乌娜·戴利结婚照里的样子一模一样。

“女儿是爸爸的小棉袄，世上没人比得了！”派德里克一嘴爱尔兰口音，土得掉渣；“你是你爸的小乖乖，海莉。”

“谢了，不过我得抓紧时间，比赛要取胜。”

“乖孩子，小心身边有下作小人，”乌娜嘱咐，“别回头趁你不注意，把好东西全给你拿走了。”

海莉只能笑笑，听这意思，自己的老祖先也领教过查尔斯·齐灵顿了。

“还有，海莉，到什么时候也别忘了，”曾曾祖父又交代，“女人心中有乾坤。要善用心机，丫头。”

“这个我一直在努力！”

“这座图书馆可以助你一臂之力。”曾曾祖母一边说，一边眨了眨眼。

假人一眨眼，墙上突然滑出一个暗格。

“什么情况？”海莉问。

“您是这里的第三位访客！”屋顶响起播报员欢快的声音。

“然后呢？”

“根据《美国传统成语词典》——对了，本馆参考书部就有这本词典，所谓三番事必成！因此，作为本阅览室第三位访客，您将获得特别魅力奖。”

真的？一天之内两次获奖？

海莉确信自己的想法没错，雷蒙赛罗先生绝对是想让自己赢，因为他清楚得很，到哪儿找这么一个魅力无穷的完美广告模特呢？

“放心，先生，”海莉对着最近的一个摄像头说，“我一定不让您失望。”

她匆忙穿过墙上的暗格，出来后她发现自己身在300阅览室。

果然！

海莉第一眼看到的，就是他们整天在找的一本书，叫《俄亥俄州刑事要案实录》，作者是克莱尔·泰勒-温特斯。

她迅速翻开封面，找到书里夹的提示卡，上面的图案，她只用两秒钟就给解了。

简单，意思是“匪徒(bandits)”，因为bandits就是band（乐队）+its。

这时海莉想起以前爸爸常说的一句话，是一句爱尔兰俗语——别拿胡萝卜栓门，意思大概是说，拿胡萝卜栓门是挡不住贼的。

她决定要保护好这条新线索，自己闷不做声，不能让查尔斯和安德鲁知道。

于是海莉脱下左脚穿的运动鞋，把提示卡折起来，塞到鞋里，然后把鞋穿好，鞋带系好。接着，她把书从展台上拿下来，放回书架上，而且再三确认书的位置，没错，就在364.1091和364.1093之间，这样她如果再有需要，就可以随时找到这本书了。

海莉抬头望了望离她最近的摄像头，朝摄像头秀了一下自己最美的笑容。

“雷蒙赛罗向——前——冲！我刚想起来的词儿，等我赢了比赛以后，拍广告可以用啊！”

35

最诡异的线索

Mr.Lemoncello's Library

卡尔等四人各自把读者证在二号会议室的门上一刷，屋顶上响起同样的柔和女声：“允许进入会议室的有：卡尔·凯利、茜拉·罗素、雅美·休斯和米格尔·费南德斯。”

“好想法，”雅美不禁说道，“咱们要有个地方来整理材料，钉到墙上，然后画个图表——就跟电视上那些 FBI 追踪疑犯一样。”

“姓凯利的，跟我学会找会议室了啊你！”

说话的是查尔斯，他正站在圆形大厅的另一侧，一号会议室的门口。

“没有，”卡尔回答，“我们只是找个地方，回头比赛结束时开庆功派对。”

“接着做梦去吧，”查尔斯一脸嚣张，“别怪我没告诉你，我们姓齐灵顿的，从来战无不胜。”说完他径直走进一号会议室去了。

查尔斯消失以后，卡尔带队进入了二号会议室。

米格尔把自己找到的银行蓝图钉在墙上，茜拉把《惊奇烧脑搜经狂》的桌游盘放在会议桌上。

“正好，这间会议室别人谁都进不来。”卡尔说。

“别人？你是说查尔斯·齐灵顿吧？”雅美问。

“你懂的。”

雅美拿了一支水笔，在有干擦功能的墙上整整齐齐列出所有线索，线索如下：

目前为止所有线索汇总

一、确定的线索

1. 000 阅览室：《本地图书馆指南》

2. 艺术和工艺品阅览室：威利·旺卡糖（而且跟“安迪”押韵）（是否要找玻璃电梯？）

3. 200 阅览室：《圣经》里的话：“汝不可偷盗。”

二、未确定的线索

读者证背面列的书目

1. 米格尔·费南德斯

《大草原的奇迹》，作者：艾伦·W. 埃克特

《大卫，不可以》，作者：大卫·香农

2. 雅美·休斯

《一条鱼 两条鱼 红色的鱼 蓝色的鱼》，作者：苏斯博士

《九故事》，作者：J. D. 塞林格

3. 未知

4. 布里吉特·魏杰

《四年级废物外传》，作者：朱迪·布卢姆

《哈利·波特与魔法石》，作者：J. K. 罗琳

5. 茜拉·罗素

《下课去埃及》，作者：济尔法·基特利·斯奈德

《威斯汀游戏》，作者：埃伦·拉斯金

6. 叶思曼·史密斯－辛德

《八十天环游地球》，作者：儒勒·凡尔纳

《牦牛说“我呸”》，作者：卡罗尔·帕格利亚诺－马丁

7. 肖恩·基根

《奥莉薇》，作者：伊恩·福尔克纳

《真不可思议》，作者：保罗·詹宁斯

8. 未知

9. 萝丝·沃米特

《不是一家人不进一家门》，作者：悉尼·泰勒

《猫咪去去去》，作者：卡尔·希亚森

10. 凯拉·考森

《安娜对无限力量》，作者：米尔德里德·埃姆斯

《人行道的尽头》，作者：谢尔·希尔弗斯坦

11. 未知

12. 卡尔·凯利

《我爱你，臭臭脸》，作者：莉萨·麦考特

《打瞌睡的房子》，作者：奥黛莉·伍德

三、可能是线索？？？

大穹顶周围一圈的雕像投影：

托马斯·沃尔夫、布克·华盛顿、斯蒂文·桑德海姆、乔治·奥威尔、路易斯·卡罗尔、苏斯博士、玛雅·安吉罗、谢尔·希尔弗斯坦、“匿名博世”、陶德·斯特拉瑟。

“了不起，”雅美后退两步，仔细端详着墙上的列表，不禁叹道，“还真够乱的。”

“没错，”卡尔回答，“伙计们，还有八间阅览室没去打探，另外还不知道有多少万能牌。下面轮到谁了？”

“到你啊。”茜拉回答。

卡尔弹了一下指针。“绿色区域，是500，科学类。”

他把绿色那叠卡最上面一张抽出来。

“4和20，曾经同在饼图中，找到598.367，才知道为什么。”

“美洲燕八哥？”米格尔说。

“我想想啊。”

“唉，”雅美叹了口气，“走吧走吧，再去找一本。反正这墙壁上还剩一两英寸地方，还能再写点儿什么。”

500阅览室看起来仿佛一个缩小版的自然历史博物馆。

满墙摆的书自不必说，屋顶上还有各种恒星和星座的投影，恒星外围轨道上还有行星模型绕着转。除此之外，还有拖着发光尾巴的彗星，在书架之间穿梭。

卡尔和同伴们一起来到590区——动物学书籍。

所有的书架围成了一个方形，边长约七米，中间是一块空地。四人来到中间，灯光突然变暗了，一个全息人像渐渐浮现，头发很长，呈波浪状，有点儿像丹尼·布恩[1]，不过更有艺术气

[1] 美国历史上著名的拓荒者。——译者注

质，身穿熊皮外套，手里托着一杆毛瑟枪。

“Bonjour[1]!”全息影像打招呼道。

“这是约翰·詹姆士·奥杜邦，”茜拉认出来了，“知名鸟类学家。”

“养鸟的？”卡尔问。

“不养鸟，”茜拉被他逗得一乐，“人家研究鸟类，还画鸟。”

这时，一只黄嘴的燕八哥飞到空地，停在一支树杈上——当然，鸟和树都是全息影像。

“这只美丽的燕八哥来自俄亥俄州亚历山大市，”半明半暗的投影人说，“它能模仿自己听到的声音。”

接着，那只鸟便开始叫起来。

“哇，”雅美不禁说，“跟警笛声一模一样！”

“没错，”米格尔也说，“真诡异。”

“想了解更多知识，”奥杜邦说，“一定要读读戴安娜·维多利亚·加西亚博士的著作——《鸟叫、鸟语与鸟鸣》，书中还配有精美的插图哦，出自区区在下。”

说完，奥杜邦找了个户外折叠凳坐了下来，面前出现了一张画架，然后那只燕八哥摆了一个姿势，这位热爱户外观察的鸟类学家（也是艺术家）居然煞有介事地开始作画，一边画还一边哼唱着甲壳虫乐队的名曲 Blackbird。

“好吧，”卡尔说，“这算是最诡异的线索了。”

“至少书咱们找到了。”茜拉说。她已经在书架上找到了 598.367 这本书。

---

[1] 法语“你好”。——译者注

“一只燕八哥又唱又叫，这跟咱们找出路又有什么关系？”雅美问。

话音未落，一声异响传来。

一排书架后面，有什么东西低声嘶吼着，继而又是高声吼叫。

“听见了没？”茜拉问。

“听见了，”雅美说，“反正肯定不是知更鸟的声音。”

马上大家就知道是什么了——一只稀有的白色孟加拉虎，从一排书架后无声无息地窜了出来，一双冰冷的蓝眼睛看得人毛骨悚然。白虎缓步来到书架中央的空地上，奥杜邦正在那儿画鸟呢！

“呃——那应该也是全息投影吧？”米格尔问。

“嗷——！”

没人敢去确认，大家撒腿就跑。

36

抽中废卡

圆形大厅的一楼，一半墙面都是书架，从地面一直到穹顶，有三层楼高，上面摆的全是小说类书籍。此时，查尔斯和安德鲁就在这里忙得不亦乐乎。

时间已经将近晚上八点。

“非找到那本该死的书不可！”查尔斯说。他脖子伸得老长，仔细在书架上搜索。

“我有点儿饿。”安德鲁低声咕哝着。

“下午不是吃过点心了吗？”查尔斯不悦地说。

“那倒是，可现在都到晚饭时间了。”

“别想着吃饭，先要找到《绿山墙的安妮》这本书。”

这本书是一本经典儿童小说，作者是露西·莫德·蒙哥马利。在馆员荐书展柜里，这本书的封面在最上面一层的正中间。不过，一直到现在，查尔斯、海莉和安德鲁都没有找到这本书。

"真倒霉，"安德鲁说，"这本书的索书号已经被人暂时从数据库里删掉了。"

"这样咱们也没办法输入代码，没办法用滑行梯自动找书了。"查尔斯恨恨不已。

"我看啊，"安德鲁说，"可能是把书放在儿童阅览室了，当然也可能是在800阅览室，也就是文学类书籍。也说不定是在400阅览室，因为作者本来是加拿大人，所以呢，说起来也算是外语类。"

"你都说了八遍了，安德鲁！问题是这几处咱们都已经找过了，还找过好几次！书肯定就在这儿，就在这些小说类里，只是你要飞上去找就是了。"

"其实，"安德鲁说，"我有点儿恐高症呢。"

"算了，随你的便，我自己上去拿。可是你要给我找个代码，输进滑行梯里，带我上去。"

"我看看啊，露西·莫德·蒙哥马利还写过《安妮》系列的其他几本，比如《少女安妮》——"

没等他说完，查尔斯就冲到离自己最近的桌边，手指在桌面上内嵌的平板电脑上一划。

"好了，《少女安妮》，作者露西·莫德·蒙哥马利，那么就是F和MON[1]——"

"没错，"安德鲁说，"小说类书籍，都是按照作者的姓氏排序的，而其他类书籍，则是按照杜威分类法排序的。"

"你知道这个多久了？"

[1] F是小说fiction的第一个字母，Mon是蒙哥马利Montgomery的前三个字母。——编者注

安德鲁眨了眨眼，吸了吸鼻子：“二年级就知道了。”

“就是说只要输入F和MON就行了？老早就该找到这本书了？”

安德鲁这才恍然大悟，张口结舌地不知说什么。

“你太叫我失望了。”查尔斯摇头，怒气冲冲地站到滑行梯上，噼里啪啦输入“F、M、O、N”四个字母，脚下安全锁锁住他的脚踝，“浪费这么多时间，都是因为你，你欠我太多了。要是再出一次问题，我发誓，我非到处宣传你，把你哭哭啼啼窝囊废的样子公之于世。推特、脸书，你等着瞧吧。”

“别激动，看我表现吧，你会庆幸有我这么个队友的，查尔斯，我跟你保证！”

滑行梯忽忽升起，一直缓缓滑到小说书架墙的M区，然后再往旁边移动，带着查尔斯来到一个书架前，《安妮》系列的小说都在这个书架上。

他一把抓过一本《绿山墙的安妮》。

刚拿到书，滑行梯就开始下降。

“找到什么了？”查尔斯一落地，安德鲁就急切地问道。

“正是咱们需要的线索。”

查尔斯把书封面里夹的卡片给安德鲁看。

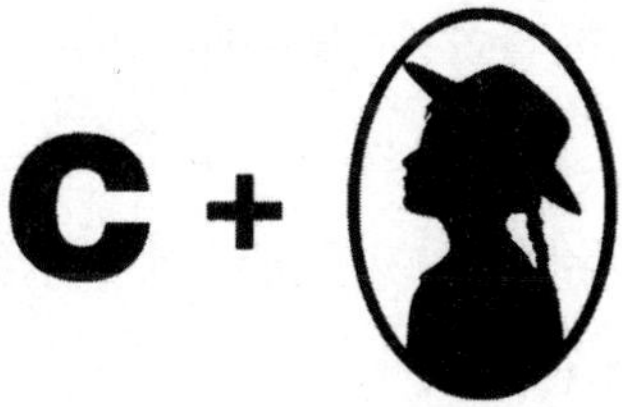

“好，”安德鲁说，“图案是C再加上一顶帽子，那么这个词就是C+Hat，是chat（聊天）。顺带一说，chat这个拼写在法语里是‘猫’的意思哦。”

“解得漂亮，安德鲁，”查尔斯嘴上夸奖他，其实心里清楚，这道字谜应该是C加上安妮的名字（Anne），也就是Canne，取谐音，也就是can（能够），与之前的线索串在一起，就是“你（you），能够（can），走出（walk out），方法（the way），空白，空白，旅馆（inn），在里面（in），路过（past），空白”。

到底是什么用什么方法干什么？他努力思索。还有，“旅馆，里面”又是什么意思？

得找到剩下的三张图案！查尔斯急得要死。

突然之间，大穹顶上的一圈扩音器里响起雷蒙赛罗先生的声音。

“嗨，查尔斯！嗨，安德鲁！现在咱们做笔交易！”

接着，电视游戏节目的音乐响起，传来观众的欢呼声。

查尔斯转过身，只见图书馆员咨询台上出现了三个信封，信封上有三柱彩光照射，而保安先生——克莱恩斯——大踏步地走进来，往桌边一站，双臂交叉抱在胸前，俨然是保卫那三个信封的造型。

“这里有一个绿色信封、一个蓝色信封，还有一个红色信封，”雷蒙赛罗先生接着说，“其中两个信封里，装着两张你们需要的线索图，另一个里面装的是废卡，要是抽中带线索图的信封，线索图就归你们，游戏继续，不过要是抽中废卡嘛，那你们就废掉啦，后果很严重哦。”

安德鲁举手提问。

“怎么，安德鲁？”

“有什么后果？”

“严重后果，”雷蒙赛罗先生说，“简直可以说是惨痛后果。那么你们愿不愿意赌一把？”

“愿意！”查尔斯不假思索地回答。

又是一阵观众的欢呼声。

“好极了！查尔斯，你先掷骰子。”

“您说什么？”

“就近找一台电脑，在屏幕上一划就行。掷骰子的程序已经启动了！”

提前录好的观众欢呼声又一次响起，听上去激动万分，仿佛这些观众一见到别人掷骰子，比见到任何东西都要激动。

查尔斯的手指在玻璃面板上一划，虚拟的动画骰子便开始转动。

“哇！”雷蒙赛罗先生惊叹，“两个六点哦，十二点。”

“这是好事儿？”

“谁知道呢，说不定。好了，安德鲁，下面轮到你了。”

安德鲁点了一下玻璃面板，骰子开始转动。

“又是对子哦！”雷蒙赛罗先生说。

“对子是对子，”查尔斯嘟囔，“不过都是一点，最小。”

“这是坏事儿？”安德鲁问。

“谁知道呢，”雷蒙赛罗先生还是那句，“说不定。好，你们想打开哪个信封？”

滴滴答答的倒计时声中，查尔斯脑子转得飞快。

刚刚找到《绿山墙的安妮》这本书，就有机会玩这个游戏，这难道是巧合？绝对不可能。

“我们选绿色的信封，先生。”

克莱恩斯把绿色信封交给查尔斯。

“快打开！”安德鲁喊，“打开看看！”

查尔斯打开封口，从里面抽出一张卡片。

房间里“咣！”一声震天响。

卡片是黑色的，上面印着白色的文字，字体很粗。

“不妙，”安德鲁说了一句，“上面写的什么？”

“你们很不幸，”查尔斯读道，“如今连门也甭想进。”

克莱恩斯把蓝色和红色的信封收起来，大步朝门厅走去。

“这是什么意思？”安德鲁问。

“意思嘛，”雷蒙赛罗先生说，“查尔斯掷了十二点，安德鲁掷了两点，十二加二得几呢？”

“十四。”查尔斯急切地回答。他的语气，跟平时上数学课时一样，提醒老师自己是全班最聪明的。

“啊哦，”雷蒙赛罗先生说道，“不妙哦。甚至可以说是糟了大糕。”

“糟了大糕？”安德鲁问，“这什么词儿啊。”

“现在算是个词儿了，”雷蒙赛罗先生回答，“J.J.？告诉他们，输了什么。”

于是，房顶的扩音器里传出一个女人的声音，语气威严：

“由于抽到废卡，所有用杜威分类法标识的阅览室都将在十分钟后——也就是八点——关闭。如果您此刻还在阅览室里，请立即离开。二楼的十间阅览室将关闭十四小时。”

安德鲁慌了：“什么？要关十四小时？”

“告诉你们了，十二加二，大事不妙，”雷蒙赛罗先生还在插科打诨，“不过，本来情况不必这么糟糕，要是你们选其他的信封，就能拿到一条线索，还有免费的《图书馆期刊》，连送十四个月哦。”

查尔斯迅速算了一下：“先生，就是说所有的杜威分类号的阅览室都关闭，一直到明早十点？”

“答对了！”雷蒙赛罗先生说，“正是如此！”

“有没有搞错，”安德鲁又开始叽歪，“不去阅览室，怎么解你这破字谜！什么鬼废卡！这游戏烂到了极点！罚十四小时，太过分了！”

查尔斯尽力不让安德鲁的发飙影响自己。

他要静下心来好好想想。

想清楚了！卡尔·凯利他们那队人，肯定是用另外的方法，解谜之后就能找到出路，要不然自己这一方也不会找到九条线索。很明显，要是对方也凭记忆找书，那么至少会先于自己找到其中一条。

所以说，他们肯定在用别的方法。

要是能利用这段暂停的时间，去刺探卡尔他们在会议室里策划什么，然后再跟自己手上的字谜结合，就一定能先人一步找到出路，赢得比赛。查尔斯心里坚信不疑。

“先别绝望，安德鲁，”查尔斯自信地说，“最后的胜利一定属于我们。”

“怎么取胜？”

查尔斯靠过来，用手盖住嘴巴，这样摄像头就无法捕捉到他嘴唇的动作了。

“记住，”他耳语道，“你害我找《绿山墙的安妮》时浪费了那么多时间，你得补偿我。”

“什么？那张白痴废卡可是你抽到的！”

查尔斯斜着眼睛看向他，声音陡然沉下来：“是我抽的，怎么样？”

“呃——不怎么样，”安德鲁变得紧张起来，“我就——就那么一说。”

查尔斯蓝色的眼睛又恢复了迷人的样子。

“那么，”安德鲁一边咽口水一边问，“你到底想让我怎么做？”

“想办法混进二号会议室。”

安德鲁一惊，连忙说：“这怎么可能？”

“别慌，我有办法。”

“什么办法？”

“四个字：茜拉·罗素。”

37

比赛暂停

Mr.Lemoncello's Library

“这比赛还能更烦吗？”雅美说，“我是已经烦透了。”

“喂，咱们可没抽到什么废卡，”米格尔十分不爽，“肯定是查尔斯那队人抽到的。”

“他俩说得对，卡尔，”茜拉也说，“这对咱们太不公平了。”

“是不公平。”卡尔承认，他还能说什么呢，“不过想想《疯狂家庭》游戏，只要有人抽到‘看整形牙医’，所有玩家——是所有人——都要退回七步，去给孩子装牙箍。”

扩音器里宣布杜威分类阅览室关闭十四小时，这时候卡尔和同伴正在二号会议室。他们正盯着墙上列出的所有线索，正在冥思苦想，燕八哥、威利·旺卡，还有《十诫》——这些都有什么联系，更不用说还有那一串长长的书单和十座雕像了。

“哼，雷蒙赛罗先生这么做，要是无缘无故，可就太气人了。”雅美说。

“哦，我是有缘有故的。”突然传来雷蒙赛罗先生的声音。

会议室一面墙上出现了他的脸庞，原来这面墙也是块巨大的等离子屏幕。

“查尔斯队犯了错误，绝不会惩罚卡尔队，”他接着说，“事实上，你们还有奖励。”

雅美的眉毛高高扬起，一副不相信的样子：“真的？什么奖励？”

“因为对手被罚，所以你们就得到了‘时间的折皱’。”

“‘时间的折皱’？”卡尔问，“这又是一条线索？”

“不是，是一本书的名字。卡尔，有时候呢，书名就只是书名而已。因为出现废卡，对你们而言，时间就有了个空隙，可以去找找十间阅览室之外的线索。对了，说到时间，咱们的期刊部，有本杂志就叫《时代》。还有，现在已经是晚餐时间了！”

“也就是说，游戏暂停，一直到明天上午十点？”卡尔问。

“这个嘛，卡尔，由你们自己定。可以把这段时间当成奖励，趁机想主意，或者读书、探索，也可以到楼上去，玩一晚上电子游戏。做什么，完全由你们自己选择。”

“我们想获胜。”卡尔说。队友们也纷纷点头。

“求之不得不快！”还是雷蒙赛罗先生自创的词儿，“那你们继续解谜吧。不过注意别碰巴塞尔·E. 弗兰克韦勒夫人的文件，太乱了[1]。还有，今晚睡觉前，不妨花点儿时间，挑本

[1] 此处典故来自小说《巴塞尔·E. 弗兰克韦勒夫人乱糟糟的文件摘录》(*From the Mixed-up Files of Mrs. Basil E. Frankweiler*)，作者 E. L. 柯尼斯伯格，获 1967 年纽伯瑞儿童文学奖。——译者注

书读读。”

“不过，刚刚不是说，阅览室都锁起来了吗？”雅美问。

“房顶那位女士讲的，只是十间杜威分类阅览室锁起来了，圆形大厅里面一流的小说多得是。齐琴科博士还挑了七本书，专门给游戏剩下的七位玩家。晚饭过后大家可以去她桌上拿书。”

说到这儿，雷蒙赛罗先生又开始眨眼了。

“我想，这些书定会让你们觉得有所启示，觉得茅塞顿开也说不定。”

说着，他又眨了眨眼。

“好了，我要打道回府了，孩子们，明早见！我很看好你们哦！”

然后，他就从墙上消失了。

“OK，”雅美说，“看到雷蒙赛罗先生猛眨眼睛了吗？如果不是进了沙子，那就说明让咱们读的书就是线索！”

圆形大厅的另一侧，查尔斯正跟安德鲁在一号会议室里密谈。

“我不相信海莉。”他说。

“为什么？”

查尔斯的手搭在安德鲁的肩膀上说道：“当你是朋友，有些话不知道该不该告诉你。海莉跟我讲过，她觉得你长得不好看，咱们就算赢了，你也不配跟我俩一起给雷蒙赛罗先生拍广告。”

“就因为我戴眼镜？”

查尔斯做出欲言又止的样子，点了点头。“当然，她这话我是不同意的。”

“明白了。”安德鲁说，他耳朵都憋红了，“那她也甭想看到咱们在《绿山墙的安妮》里找到的线索。”

“也好，安德鲁，你要这么办也行。”

“我正是这个意思。”

“没问题。走，去看看晚饭吃什么，我都快饿死了。”

两人走进餐厅时，卡尔和同伴们已经在里面端着盘子夹吃的了。

“嘿，查尔斯，你真牛！”米格尔嘲讽道，“一抽就抽中张废卡。”

“我们是抽了废卡不错，可就算一时不顺，最终凯旋的也必然是我们！”

“最终什么？”雅美问。

“他说我们赢定了！”安德鲁补充道。

查尔斯二人穿过房间，朝角落里的海莉走去。

“你们下午找到什么线索没？”海莉问。

“很不幸，一无所获。”查尔斯回答。

“就找到一个，结果被罚了，门都锁上了。”安德鲁也说。他撒起谎来不比查尔斯差。

“你呢，海莉？”查尔斯问，“找到什么头绪没？”

“没有，零。”说完海莉打了个哈欠，把饭吃完，“我上楼去睡觉了。”

“现在？才八点四十哦。”

“知道，可我快累趴下了。”她又打了个呵欠，“还有，明早我要早起，精精神神的，等着阅览室开门。还有好多线索要找呢。明天见了——还是咱们开个小组会议？”

“不用了，没什么事可商量。”

海莉走出了餐厅。

38

福尔摩斯探案集

Mr.Lemoncello's Library

“有趣，有趣极了。”雅美透过餐厅的玻璃墙，望着圆形大厅里的阅览室说。

“什么有趣？”米格尔问。

“克莱恩斯刚刚把书拿来。”

卡尔手一撑从桌后站起身。他见到大块头的保安，往圆形大厅中央的圆桌上丢下一堆书，转身走开了。他身躯那么魁梧，动作却鬼鬼祟祟。

“走，”卡尔说，“去看看齐琴科博士给咱们准备了什么‘茅塞顿开’的书。”

“那几只怎么弄？”米格尔指了指查尔斯和安德鲁说。他们俩在另一张餐桌坐着，也差不多吃完了。

卡尔心里无比纠结。

一方面，对手失误被罚，自己得到奖励，这个好处他可不想白白放手，可另一方面，他也不愿意被人指指点点，说自己和朋友能获胜，完全是因为雷蒙赛罗先生多给了他们线索。

终于，他找到了折中的法子。

“喂，查尔斯、安德鲁，我们打算去找几本书看看来打发时间，明天上午还早着呢。你们俩要不要一起去？”

“不用了，”查尔斯站起身，“我们已经差不多搞清楚了。要我看，雷蒙赛罗先生骗我们去抽废卡，是让我们慢点儿玩，要不赢得太容易就没意思了。要是我们不到二十四小时就逃出去了，不是不好看吗？”

“是不好看，”安德鲁也说，“真心不好看。”

“说真的，”查尔斯说，“要是我们什么比赛都轻而易举地取胜，那么雷蒙赛罗先生设计的游戏还有人买吗？不说了，我们到楼上去，我要带安德鲁参观一下我的私人套房——你们有谁想来吗？”

“不用，谢了。”雅美回答。

“随你们的便。哦，对了，楼上房间里有台正经的游戏主机哦。”

卡尔觉得心里像被挠了一下。

“顶级配置，而且装的都是游戏大作，可不是什么教育游戏。想来一起玩吗，卡尔？”

“这个……”

“我们准备玩玩《松鼠纵队 6》，最新的一部哦，看游戏盒子上讲，一直要到十二月初才公开发售呢。”

卡尔额头开始冒汗了，手心也全是汗，手指不禁微微发抖，拇指不由自主地抽动，好像手里握着游戏手柄。

不过他最后还是克制住了，冷静下来后，他说："不用客气了，查尔斯，我们——还是看书好了。"

查尔斯和安德鲁往三楼去了，要是查尔斯没有忽悠卡尔，那他们马上就能上手最新、最酷的《松鼠纵队》版本，这也许是雷蒙赛罗游戏中最好玩的神作了。而卡尔和同伴们只能匆匆赶去看雷蒙赛罗先生给自己准备的到底是什么书。

桌上有七本书，是同一部作品《福尔摩斯探案集》的七个版本。一本是限量版，封面是皮制的；一本是皱巴巴的简装本；一本也是简装，不过厚一点儿，里面还有不少学者的分析文章。最后一本，竟然是电子书，显示的只有一个书名。

"要我看，雷蒙赛罗先生是叫咱们搞个读书会。"茜拉说。

"怎么讲？"卡尔问道。

"就这个意思啊，每人都读同一本书，然后聚在一起讨论，分享各自的观点。"

"好玩，"米格尔说，"咱们学校也有一个读书会。"

"你参加了？"

"是啊。要不你没事来坐坐？"

"我指定去，多谢，米格尔。"

雅美清了清嗓子说："这会儿怎么打算？"她问卡尔。

卡尔耸耸肩说："不是跟查尔斯说了么，咱们就看书呗。"

于是，大家各自拿了一本《福尔摩斯探案集》。

电子版的，谁都没拿。

海莉·戴利同学正在三楼的雷蒙赛罗纪念阅览室里东找西摸。

这里简直就是个迷你博物馆，之前她也来过，不过没有认真看，此时再来，她是想着能再找到一本大厅里展示的书，即“展卷难忘”的书，一本婴儿书，就叫《宝贝的鹅妈妈童谣——你拍一我拍一》[1]。雷蒙赛罗先生小时候，很可能就读过这本书，要不就是别人给他读过。

海莉穿过一排排码得整整齐齐的盒子，走过一道门，里面的房间整个看起来仿佛雷蒙赛罗先生儿时的卧室一般，乱糟糟的，挤着两张上下铺，是他和三个兄弟睡觉的地方。其中一张上下铺的下铺旁边，摆着一个书架，是用塑料牛奶桶做的。

书架上面码放着好多薄薄的图画书，封面是硬纸板做的，足足有三四十本。

其中一本，正是《鹅妈妈童谣》。

海莉偷偷摸摸翻开封面。

一打开，里面就滑出来一张正方形卡片：

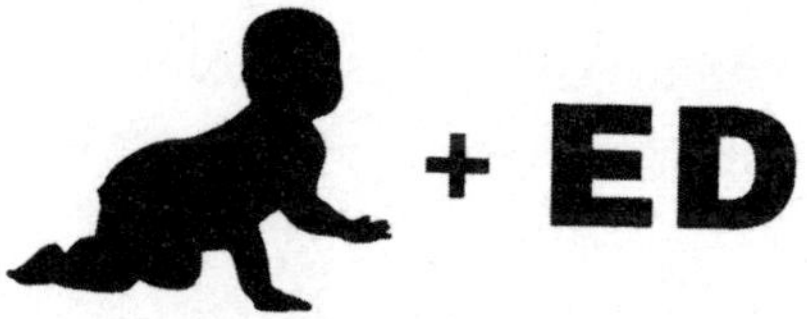

[1] 鹅妈妈童谣，即 *Mother Goose*，直译“鹅妈妈”，在美国俗语中指一类童谣。本书为著名插画本童谣书。——译者注

她迅速地把卡片对折，然后塞到运动鞋里，跟那张“劫匪”的卡片放在一起。

这会儿她已经可以肯定，两张卡片合在一起，含义是说，这里以前还是银行大楼的时候，在某个时间，有“劫匪”曾经“爬(Crawled)进来(In)”。

那个印第安纳州地形图的剪影，寓意不是什么“500英里”比赛，而是单词In，因为印第安纳州——也就是人称“胡塞尔州”，其邮政编码的简称，正是IN。

明天一早，只要阅览室的门重新打开，她要做的第一件事，就是去杜威分类阅览室，一间一间去找线索，搞清楚当时的劫匪到底是如何进来的，又是从哪里进来的。

是走地道？还是通风管道？还是老银行大楼跟后面的写字楼之间的一二三层，有什么秘密通道？

只有一点海莉是不会有疑问了——肯定不是从还书口爬进来的。

39

与“文学专家”视频对话

Mr.Lemoncello's Library

阅览室里的几个人，很快就沉浸在夏洛克·福尔摩斯先生的“历险记”里了。

卡尔刚刚看完其中的一篇故事，很有料，叫《波西米亚丑闻》，讲一位国王，马上要跟皇室后代结婚，这位皇家公主差不多有六个名字。接着该国王又被自己的旧情人勒索，旧情人叫艾琳·埃德勒，来自新泽西，是唱歌剧的。

故事里，夏洛克·福尔摩斯对华生医生说的一句话，让卡尔印象深刻——“你只是用眼看，但不会用心去观察”。

卡尔觉得，雷蒙赛罗先生让所有人暂停搜索，停下来读读经典悬疑小说，目的就在于此，不是让大家从书里找什么线索，而是让大家更善于解谜——自己这些人，有没有只是看，但没有用心观察呢？很有可能。

而且，这些探案故事，卡尔读起来津津有味，他完全可以想象福尔摩斯寓所的样子——贝克街，221 号 B 门，还有那位趾高气扬的国王，还有迷雾笼罩的伦敦，大街上马车来来往往，还有福尔摩斯那一身装扮，还有华生医生往大街上扔烟幕弹，然后街上众人惊叫“着火了”……

简直就像是在脑子里看 3D 电影，还是 IMAX 版的。卡尔急不可耐要看下一个故事了——《红发会》。

“如何？”雅美问。

“这本书挺爽的，这位阿瑟·柯南道尔爵士还真让人欲罢不能。”

“书中人物真是跃然纸上啊。”茜拉表示。

“没错，”米格尔说，“这套‘咨询性侦探’的路数，我还蛮中意的。”

“什么侦探？”

“哦，福尔摩斯经常自称是‘咨询性侦探’。”

“是啊，呃，我才看完一篇故事，所以——”

突然间卡尔想起一件事，有点儿怪。

“对了——为什么上面那些雕像里，没有柯南道尔？”

“你什么意思？”雅美问。

“柯南道尔是著名作家，对吧？这里连现代作家，比如化名叫‘博世’这样的都有雕像，为什么柯南道尔创造了福尔摩斯这样的经典作品，却没有他的雕像呢？”

“问得好，哥们儿。”米格尔说。

“看来我要咨询一下我哥科提斯。”

“怎么讲？”

“我认识的人里，数科提斯读的书最多——哦，可能除了茜拉以外。他参加SAT[1]考试，文学这一科考了808分耶。”

“话说，卡尔，”雅美插话道，“好像SAT所有科目的满分都是800。”

“没错，不过后来科提斯去考，所以只能把满分提高了。”

“也就是说，科提斯说不定能帮咱们搞明白这些雕像的道道。”米格尔说。

“聪明。为什么展示这十位作家呢？为什么不是另外十位呢？”

“为什么不用布里吉特‘极限挑战’里遇到的那十位呢？”茜拉也补充道。

卡尔环视房间。

“托本太太？您好，托本太太？”

于是，这位60年代的图书馆员，又出现在面前。

“需要我帮忙吗，卡尔？”

“我想‘咨询专家’。”

“你想咨询哪位专家呢？”

“科提斯·凯利先生。”

“你哥哥？”

“科提斯不光是我哥哥，还是经过SAT认证的文学专家、文学作家专家，还有其他什么文学玩意儿的专家。”

突然全息影像消失了，齐琴科博士的声音从房顶传来。

“凯利先生，你这项要求不合规矩哦。”

“少来了，”雅美不禁说道，“整个游戏都不合规矩好不好。”

[1] Scholastic Aptitude Test的缩写，学业能力评估测试，美国的大学入学考试。——编者注

“我们只不过想找点儿数据，”卡尔说，“福尔摩斯不是跟华生医生说过吗，‘没有数据，一味理论，简直大错特错’。”

“这么说，你们还挺喜欢这本书喽？”齐琴科博士问。

卡尔朝距离最近的摄像头高高竖起大拇指，“岂止是喜欢，简直是着迷。下面《红发会》里的先生们有什么故事，我都等不及了。”

“说得对，”齐琴科博士说，“故事相当精彩，我自己最近又看了一遍。那好吧，卡尔，我们来联系你哥哥，看看他是不是真像你说的，是一位‘文学专家’——不过可能要花点儿时间。”

“不着急，”卡尔说，“我正好看看书。”

齐琴科博士的声音再次响起，一下子把卡尔从福尔摩斯的伦敦带回现实中的俄亥俄。刚刚他正跟福尔摩斯一起探案呢——原来所谓“红发会”，只是个幌子，是调虎离山之计，银行劫匪故意骗一位红头发的当铺老板离开自己的店铺，目的是从他店铺地下室挖一条地道，通到隔壁的银行去。

“抱歉，打扰你们了。”

雅美、米格尔和茜拉也合上手中的书。这时已经十一点十五分了，大家都睡意浓浓，眼神迷离，坐在阅读椅上非常舒服，人人都有点昏昏欲睡。

“怎么？”卡尔问。

“已经帮你安排好‘咨询专家’特权，准备跟你哥哥——科提斯·凯利先生对话。”

“太好了！具体怎么操作？”

“你可以跟自己选定的‘专家’进行五分钟的视频对话，就用我们这里的电脑终端，在图书馆员咨询台后面。”

卡尔迅速来到大厅中央的圆桌边，三位队友紧跟其后。

“‘咨询专家’——开始！”

科提斯出现在屏幕上，在自己卧室里，坐在电脑边。

“喂，科提斯！”

“喂，卡尔，图书馆怎么样？”

“好得很。”

这时，大哥迈克也出镜了，他突然冲进房间，站在科提斯身后。

“加——油——卡——尔——”迈克喊着口号，“冲啊！”

卡尔还从没有享受过专属的啦啦队呢。

“小老弟，拼了啊，使出百分之两百的劲儿！”迈克在科提斯身后冲屏幕挤眉弄眼，“你身后几位是什么情况？”

“我们是一队的，这位是米格尔，这位是茜拉，还有雅美——你认识的。”

“好啊，组队了？这招漂亮。你哥我打球，还需要另找十个人一起呢。”

“我说迈克，”卡尔忍不住说，“我只能跟科提斯讲五分钟。”

“收到。我闪人了。一定要拿下啊，宝贝儿！”

迈克一路退出房间，一边走一边双拳砰砰对碰。

“还剩四分钟。”齐琴科博士提醒。

“好，科提斯，我的问题就是：以下作者，有什么共

同点？”

说完，他把雕像名单迅速按顺序报出来。

科提斯茫然地盯着摄像头，好一阵子没反应。

最后他摇了摇头：“不好意思，卡尔，我理不出一点儿头绪。”

40

屋顶出现新代码

Mr.Lemoncello's Library

“真的？”卡尔很吃惊，“连你都没头绪？”

“这个——”科提斯回答，“我只能想到一点：托马斯·沃尔夫写了《天使望故乡》，而路易斯·卡罗尔写了《爱丽丝镜中奇遇记》，两本书名里，都提到 look 这个词。不过除此之外，两本书完全没有共同点，两位作者也是。”

卡尔和其他队友们都呆呆地站着说不出话来。

突然间，茜拉开始手舞足蹈。

“原来如此！”她喊道。

“时间到！”齐琴科博士宣布。

“唔——好吧，”卡尔对电脑屏幕说，“谢了，科提斯，你的回答，呃，非常有用。”

“确实有用！”茜拉跟着说道。她双手轻拍，动作优雅，仿佛合掌作揖一般。电脑屏幕渐渐暗下来。

“什么情况？”米格尔问。

“我大概知道这些雕像代表的密码怎么解释了。”

“还有密码？”雅美问，“谁想得到？”

“不过要花点儿时间，”茜拉接着说，“还有，我要找台电脑用。”

“那就这样。”卡尔说——茜拉好像打了鸡血一样，还真吓了他一跳，“我们去会议室等你。我们再去玩玩《惊奇烧脑搜经狂》，弄几个杜威分类索书号，这样等明天十点阅览室门一开，就可以马上开工。”

于是，茜拉找了一张桌子，用上面内嵌的平板电脑解自己的谜，而其他三人则回到《惊奇烧脑搜经狂》游戏桌前。

“要不我们直接把卡片翻过来，然后搞一串索书号出来。”卡尔建议。

“我看行。”雅美说。

接着，她从一叠卡片中抽出一张紫色的。

卡片背面就几个字：“停一步。”

“试试另外的颜色。”米格尔催她。

雅美又翻过一张蓝色卡片。

上面写的是：“多走一步。”于是，雅美干脆把所有蓝色卡片都翻过来，而米格尔则把所有紫色卡片都翻过来。

所有紫色卡片上都写着“停一步”，而所有蓝色卡片上都写着“多走一步”。

卡尔则检查红色和紫红色的卡片。

“红色那叠写着‘抽一张黄色卡’，”他跟大家汇报，“紫红色的写着‘拿一张绿色卡’。”

“灰色这叠也是，”米格尔说，“只不过灰色的写着‘抽张粉色卡’，而褐色那叠写的是‘去拿张橙色卡’。”

“剩下的就是咱们已经用过的颜色了，”卡尔一边说，一边翻过一张黄色卡，“上面写的是‘在 48629.20271209 的平方根里——’”

“搞什么鬼？”雅美忍不住说。

“别急，”米格尔说，“桌上的电脑里有计算器程序。”

卡尔接着读完卡片上的提示：“——找 4.40.30 的一半。”

“那不又是 2.20.15 么。”雅美说。

“还有，那个四万多少多少的平方根，是 220.5203，”米格尔补充说，“也就是我们之前找到的钦定本《圣经》。”

雅美翻看剩下的黄色卡片。“这些卡片也一样，最后都是把我们带去宗教类书籍，去找到《圣经》里那句话。”

“绿色卡没分别，”米格尔继续汇报，“提示都是去找那本讲鸟的书——《鸟叫、鸟语与鸟鸣》。”

“粉色的最后都落到 027.4 上面，”卡尔也说，“看来，他们真的很想让我们找到《本地图书馆指南》这本书。”

“这样就剩下百搭牌[1]了。”雅美说。她仔细查看橙色卡片。“上面写的是‘什么跟 cart and paper，跟 smart and zodiacs、跟 tart and potato sacks 押韵’？”

“还不就是艺术和工艺品阅览室（art and artifacts room）了。”米格尔说着叹了口气。

[1] 百搭牌就是可以由持牌人随意决定牌值、代替任何其他的牌张。——编者注

“在那儿，”雅美继续回顾，“我们要找的是跟 randy、sandy 或者 brandi 押韵的东西。”

“也就是威利·旺卡的糖果（candy）。”米格尔跟上节奏。

“这样看来，”卡尔总结，“估计这个《惊奇烧脑搜经狂》游戏，最后只能帮我们找到四个线索，就是我们已经找到的四个。”

“可咱们还得找其他索书号啊，”米格尔说，“图书馆本来就是‘智人增智’的地方啊。”

每次米格尔整出个蹩脚的双关语，卡尔和雅美就牙疼。

不过卡尔突然想起什么：“怪不得雷蒙赛罗先生说，比赛暂停对我们来说等于是奖励，因为他知道，我们得找到新线索来源，还需要大把的时间。”

这时候，茜拉冲进会议室。

“喂，大家伙儿听我说！我发现了好多新的索书号！”

“什么？”卡尔等三人异口同声问，“在哪儿？”

“就在大厅屋顶上！”

41

一串串数字闪过

Mr.Lemoncello's Library

“大家抬头，看看大穹顶。”茜拉说。

“什么？”卡尔问。

这会儿茜拉和自己的队友们一起站在二号会议室门外，她好久没有如此开心激动了。

“喂，我说茜拉，”雅美说，“麻烦解释一下，咱们这样扭得脖子都要断了，是要干什么呀？”

“是这样，我在 Goodreads [1] 网站上玩过一个小游戏，叫《找关系》。游戏里面，一个人列出一串作家，其他人要根据其作品的书名，来找出作家之间的联系。”

“厉害嘛，”雅美的语气带着揶揄，“好像很好玩的样子哦。”

“是很好玩啊，而且一点儿也不简单，不骗你。”

“你到底想出什么主意了？”

“对对，刚才科提斯不是说了吗，托马斯·沃尔夫写了《天

[1] 国外一个书籍推荐和阅读心得分享的网站。——译者注

使望故乡》，路易斯·卡罗尔写了《爱丽丝镜中奇遇记》，两个书名里面都有look这个词。这一点提醒我了，于是我在电脑里查了一下，结果——斯蒂文·桑德海姆写了《瞧，我做了顶帽子》，玛雅·安吉罗写了《星星看来都寂寞》，而'匿名博世'写了《不可貌相》。"

"书名里都有一个look。"卡尔说。

"其他五位作家呢？"雅美问，"也写了书名带look的书吗？"

"那倒没有，把他们列上去，是为了另外一个词。"

"什么？"

"布克·T.华盛顿写了《挣脱奴隶制》，谢尔·希尔弗斯坦写了《向上摔了一跤》。"

"苏斯博士呢？"卡尔问。

"《伟大的一天》。乔治·奥威尔写了《出来透口气》，陶德·斯特拉瑟写了《等我长大》。"

"也就是说，这十座雕像，给了我们两个词。"米格尔说。

"没错，一个是look，一个是up，也就是look up（往上看），于是，我就往上看了——看到了大穹顶。你们看，就在那儿！看到200区的屏幕没，就是大卫之星[1]下面那块屏幕，上面不是有一串数字闪过吗？"

"是220.5203。"米格尔说。

雅美抡起拳头捶了一下卡尔肩膀叫道："嘿，就跟你在校车上跟我讲的，在游戏里面找奖励码一样！"

[1] 大卫之星（Star of David），犹太人的标记，两个正三角形叠成的六边形。——译者注

“正是如此！”卡尔恍然明白。“这游戏是雷蒙赛罗先生设计的，他专门把密码藏在一些犄角旮旯里。真有你的，茜拉！”

“小意思。”茜拉回答。这时她已经体会到，跟生活中真正的朋友一起玩这些游戏，比跟网络上的虚拟朋友一起玩有趣多了。

“可是我们玩《惊奇烧脑搜经狂》的时候，已经找到这个两百多的数字了。”米格尔提醒大家。

“倒也是，”卡尔说，“那咱们就注意那些没法儿通过提示卡找到的数字。”

于是，大家继续仰望星空，八只眼睛紧紧盯着头顶十块屏幕上划来划去的图案。

“又有一个了！”茜拉叫道，“在 600 区，就在那个飘来飘去的听诊器下面！”

“看到了！”卡尔也叫道，“是 624.193！”

“威武！”雅美说。

“茜拉，我崇拜你，”卡尔说，“今天全靠你了。”

茜拉脸都红了。“谢谢夸奖。”

“转盘！”雅美突然说。

“你说什么？”米格尔问。

“转盘。转盘也是一条线索。《惊奇烧脑搜经狂》游戏其实也有提示，让我们往上看。你们瞧，大穹顶在杜威分类显示模式下，正像是 3D 版《惊奇烧脑搜经狂》游戏里的转盘。”

“太牛了！”米格尔说，“实在是牛气冲天！”

茜拉和队友们一起，盯着大穹顶看了足足一个多小时，到十二点半，他们终于在地板上躺了下来，要不真要把脖子扭断了。

因为每隔十五分钟，大穹顶屏幕上就依次显示一个杜威分类阅览室包含的索书号。

可是只有一个号码，从来没出现过。

之后又重新显示一轮。

“咦？为什么没有 300 阅览室的索书号呢？”米格尔问道。

“可能 300 阅览室的这本书，是咱们真正非常需要的。”卡尔回答。

“这个雷蒙赛罗——”雅美说，“真是好玩极了。”

偷梁换柱

Mr.Lemoncello's Library

安德鲁·派克曼从三楼平台的护栏上往下瞧，只见茜拉·罗素一个人坐在圆形大厅的书桌前。时间已经将近凌晨两点了。

一整晚安德鲁都在三楼跟查尔斯打游戏，而且一整晚都打不赢他。

还有，一整晚听查尔斯唠叨，让他无论如何也要溜进二号会议室去，不管卡尔那队人掌握了什么线索，都要“借用”回来。还有，查尔斯说因为自己“这么大还恐高，傻不傻”，搞得在《绿山墙的安妮》这本书上浪费大家的时间，所以需要做出补偿。

而安德鲁也承诺查尔斯，说自己一定会竭尽全力。

“如果说凯利他们几个人中，有哪个能帮我们潜入他们的总部，”查尔斯如是说，“那必然是书呆子丫头无疑。你注意到没有，茜拉·罗素是用什么当书签的？”

“没有。”安德鲁老实回答。

“她用的是自己的读者证，也就是二号会议室的门卡。想办法借来用用。”

“这，不合规矩吧？”

“当然合规矩。这里是图书馆，对吧？图书馆就是借书的地方，对吧？”

“你这么说也没错。”

“我还没跟你说过，我在脸书上有三千个好友，在推特上有两千人关注我吧。你要不按我说的去做，我们队要是赢不了，我保证让所有人都知道你的丑事，人人都知道你胆子比绿豆还小。”

于是，安德鲁只能老老实实来到一楼。

茜拉一如既往，还是在看书。

安德鲁靠近一点儿，眼前突然白光一闪。

查尔斯没说错，茜拉用的书签，正是她自己的读者证，洁白的卡片光溜溜的。

安德鲁穿过一连串儿堆在一起的椅子。

“好看吗？”

声音吓了茜拉一跳。

“哦，你好。还可以。”

“一起看看行不？”说着安德鲁“哧溜”一声，一屁股坐在茜拉对面的真皮椅子上。“呃——那个——你看的什么书？”

“《查理和大玻璃升降机》，罗尔德·达尔写的。”

“哦，我听过这本书。你们队其他人呢？”

“都睡觉去了，都想早睡早起，明天精神抖擞地迎接二楼开门。”

“是呀，海莉和查尔斯也倒头睡觉去了。看来，就剩咱们两个书虫了，呵呵。”

“嗯，其实也挺晚了，”茜拉说，“我也打算上楼去——”

“给我看看行吗？”

“什么？”

“你的书。我还没看过呢，跟人说我看过，其实没有。”

“哦，没问题。”茜拉把书递给他。

“谢啦。”

安德鲁翻了翻书，找到茜拉插入书签的那页。“要是这座图书馆里，也有威利·旺卡电影里面那种会飞的升降机就好了，是吧？坐升降机就能一直冲破房顶，就跟查理和旺卡一样，多好。用这个方法逃出图书馆，简直神了。你说是不是？”

“是吧，我也不知道。”

就在这个当口，安德鲁来了个偷梁换柱。他把自己的读者证塞进茜拉的书里，然后把茜拉的读者证握在手中。

（查尔斯要是见到这一幕，估计要肃然起敬。）

“话说——”他一边说一边把书合起来，“你有没有看过《电梯一家》？”

“唔，没看过。”

“讲的是旧金山一家酒店，有一家人，就住在电梯里。怎么说呢，这本书的情节就两个字，‘高’‘低’起伏。”

说完安德鲁自己笑得喘不过气来，这算是他听过最好笑的段子了。茜拉也跟着呵呵两声。安德鲁把书递还给了她。

头顶上，大穹顶已经渐渐退出了杜威分类显示模式，一阵斑斓的色彩幻化之后，变为一整块，显示的是碧绿的卧室，墙上是两扇红色的窗框，窗外可以看到蓝色的夜空，夜空中还挂着一轮圆月，闪烁着点点星光。在卧室里，可以看到有一部电话，还有一个红色的气球，墙上有一幅画，画的是一头牛，正跨过月亮。

这时的穹顶，显然已经变成了《晚安，月亮》里面那只小兔子的卧室。

突然一只兔子蹦蹦跳跳地来到圆形大厅，它穿着蓝色裙子，土里土气，看样子是个兔太太，后面还跟着两只小小的猫咪。

“真是没完了，”安德鲁说，“又来全息影像这套玩意儿。”

“我倒是觉得挺可爱。”茜拉说。

“嘘！”兔子张嘴说话，“晚安，闹钟，晚安，袜子，晚安，茜拉！”

“晚安，小兔子。”茜拉收起书，上楼去了。

“晚安，安德鲁。”兔子接着说。

“随便吧。”

安德鲁把顺手牵羊的读者证往口袋里一塞。这会儿，他也不知道拿读者证做什么用，操控兔子的人，肯定通过监控摄像头在监视着，所以他不能轻举妄动。

不过明天一早嘛，头等大事就是……

“‘晚安！’兔子说，让我们安静。”他大声吟诵。

下面的话他低声喃喃自语道：“明早的比赛，你们都输定了。”

五本图画书

Mr.Lemoncello's Library

第二天上午，卡尔早早起床，精神抖擞地穿过圆形大厅。

这会儿时间已经是八点十五分了，再过一小时四十五分钟，杜威分类阅读室才开门，再过不到四个小时，游戏就结束了。

卡尔此时真是打了鸡血一般。

茜拉·罗素则是另一副样子，她坐在椅子上，正在舒舒服服地看书。

“嘿！”卡尔打招呼。

“早啊。”茜拉回答，稍稍打了个呵欠。

“你一晚上都在看书，没睡？”

“睡了，我两点左右到楼上去的，不过我下来时，馆员咨询台上又多了一叠不一样的书。”

“是吗？什么书？”

“五本都是一样的。”

她把手中的书给卡尔看，书名叫《第十一小时》。

“图画书，也是用韵文写的，讲的是一头叫贺拉斯的大象的十一岁生日派对的故事。不知道是谁，把所有吃的美食都吃光了，所以大家去调查。书里面到处都是暗号和密码。”

“字面意思是‘第十一小时’，这是什么用意？”

“因为生日宴会本来是在上午十一点开始的，不过既然吃的东西都被偷走了……”

卡尔笑了，“怪不得，第十一小时。”

“你说什么？”

“第十一小时！最后的机会！[1]”卡尔抬头望望大穹顶，“我猜，到了十一点整，秒钟滴答那一刻，大穹顶的 300 区，肯定会出现咱们最最需要的线索，你信不信？想不想赌一把？”

茜拉也笑了。“你是说，这本书，是让我们去找到线索的线索？”

“我猜就是如此。你吃早饭了没？”

“还没。”

“那还等什么？”接话的是米格尔，他大步走进来，“今天是个大日子，要养精蓄锐，最后冲刺。”

“他说得对。”雅美也来凑热闹。她一边从旋梯上下来，一边说：“不到两小时门就开了，我们只剩两小时找到出路了。”

“不过呢，”卡尔跟大家说，“茜拉刚刚已经弄明白了，知

[1] the eleventh hour 是美国习语，意为“最后的关键时刻”。——编者注

道什么时候能找到300区的线索。”他指了指那本图画书，“不到最后一刻，是找不到的。”

“什么最后一刻？”雅美问，“十一点五十九分？”

“差一点儿，是十一点。”

“厉害，”米格尔说，“这条线索一定至关重要。”

卡尔四人来到餐厅，只见海莉坐在餐桌旁，拿着半个西柚正在吃。她眼神茫然，透过玻璃墙望着圆形大厅。

“喂，海莉，”卡尔打招呼道，“你还好吗？”

“凑合。你呢？”

“还行。输赢都好，反正咱们都玩得挺开心。”

“我们都是开心帮的。”雅美加了一句。

“你们几个处得还挺好啊。”

“那是，”茜拉说，“我从六岁起就没这么开心过了。”

“真的啊？”

“怎么啦，海莉？”雅美问，“跟查尔斯一队，过得不好？”

“还行吧，算是。我是说，我们也找到了几条不错的线索……”

“嗯，”米格尔说，“你要是想换队友的话，咱们这边什么时候都欢迎。”

“这，合规矩吗？想换就能换？昨天一天查尔斯队干的事儿我都一清二楚哦。”

“我看行，”卡尔回答，“你想，游戏规则里可没说组队的事儿。”

“哦，”海莉问，“安德鲁跟你们一伙儿吗？”

“没。”卡尔回答。

海莉朝卡尔身后的窗户点了点头说：“那他怎么刷了一下读者证，就跑去你们的会议室了？”

44

被判出局

Mr.Lemoncello's Library

卡尔和队友们飞速跑过滑溜溜的大理石地板，就像溜冰一样，赶到二号会议室，身后海莉紧紧跟随。

会议室里面，安德鲁拿着笔记本，正急切地把白板上写的东西记下来。

“喂！”雅美喊道，“你作弊！”

安德鲁忽然转身。

透过眼镜，只见他双眼瞪得好似乒乓球一般。

“呃，呃——”他结结巴巴地说，“你们门没关！”

“我们关了。”卡尔非常冷静地回答。这时候他真想一把掐住安德鲁的脖子，可是他还是忍住了。“门是自动上锁的，我专门检查过。”

“睡觉之前，我又检查过一次。”米格尔也说。

卡尔有点儿惊讶。“你真的检查过？”

“绝对啊兄弟，什么叫队友啊。”

于是，两人又碰了碰拳。

“哼哼，你们根本没什么料，就几本破书，几个白痴作家，《圣经》里一段莫名其妙的话——”

“这段话，”突然雷蒙赛罗先生的声音响起，墙上的屏幕显出他的面孔，“你应该牢记，派克曼先生。这段话对你有好处，‘汝不可偷盗！’”

雷蒙赛罗先生头戴假发，就是那种白色的卷发，穿一身黑袍，整个人像是一个英国法官。他拿起手中的木槌，在桌上用力一敲，发出的却不是木头撞击声，而是放屁的声音，就像那种恶作剧整人用的坐垫一样。

“请大家跟我一起，来一下圆形大厅阅览室好吗？马上。”

大家依次走出会议室，来到圆形大厅，眼前的景象让大家都吃了一惊——只见雷蒙赛罗先生本人，就坐在大厅中央，馆员咨询台之后——是真人，不是全息投影。看来这回是来真格的了。

查尔斯此时隆重登场。他满脸堆着笑，沿旋梯缓缓下楼。

“诸位，早上好！”他热情洋溢，“发生什么事了？为何如此激动？”

“没什么，你们队安德鲁作弊被抓了。”米格尔回答。

“什么？哦，雷蒙赛罗先生，您早！没想到您也在，在图书馆里。今天不是您的寿辰吗，先生？”

“是的，查尔斯。生日这天，我最想去的地方就是图书馆，周围满满的都是书——哦，要是能在“仙境之桥”[1]上待着，那就更好了。”

“呃，先生，我不得不说，您看着清瘦矍铄，是不是一直保持户外锻炼来着？”

“没有，查尔斯。今天我倒是要户内活动一下。”

“抱歉，我没明白您的意思。”

“今天我打算在图书馆里面干点活儿——比赛还剩最后几个小时，我来监督监督。”

“哦，先生，我想用不了几个小时，”查尔斯说，“并非我大言不惭，不过我想，有几位选手很快就能回家了。”

“你说得也没错，比如说派克曼先生，他现在就可以回家了。”

“什么？”安德鲁·派克曼不满地说，“凭什么？”

“因为你作弊。你想偷别人的情报，那是人家辛苦收集来的。”

派克曼眼神闪烁：“这不是我的主意，是查尔斯让我去的。”他抬起胳膊，手指一个劲儿地摇摆。“查尔斯指使我干的，是他让我干的！”

“派克曼先生，请到台前来——哦，应该是到桌前来。给我看看你开会议室门用的那张读者证。”

安德鲁不情不愿地把读者证交给他。

“你的姓名是茜拉·罗素吗？”

“不是，先生。”安德鲁只敢低头看着地面。

“他偷了我的卡？”茜拉惊讶地说道。她打开最后看的那本书，把里面的书签——一张读者证拿出来。

[1] 仙境之桥（*Bridge to Terabithia*），凯瑟琳·帕特森（Katherine Paterson）于 1977 年出版的小说，后改编为同名电影。——译者注

“你那张是谁的读者证，茜拉？”查尔斯问。

“写着安德鲁·派克曼的名字。”

“哼哼，”查尔斯说，“这小子来了一招偷梁换柱啊。”

“还不是你叫我干的！”派克曼急得叫起来。

“我叫你干的？”查尔斯冷笑起来，“竟敢血口喷人，你有什么证据？”

“什么证据不证据的，我不用证据，就是你恐吓我，让我去偷茜拉的读者证的！”

雷蒙赛罗先生又敲了一下木槌说：“好了，安德鲁的事，到此为止。今天实在是糟糕，糟得不能再糕。兔太太？”

话音未落，故事里的兔子太太蹦到馆员咨询台上——当然是全息投影。

“安德鲁，晚安，”兔子说，“咱们就此分道扬镳。”

接着两位保安——克莱恩斯和克莱门特现身，押着派克曼出了图书馆大楼。

“雷蒙赛罗先生？”茜拉问，“您要把安德鲁的读者证放到废卡堆里吗？”

“不用了，谢谢你。那张卡，现在归卡尔队了。”

这时海莉·戴利举起手。

“怎么了，海莉？”

卡尔看到，她朝查尔斯瞥了一眼，目光简直冷若冰霜。

“有什么事吗，海莉？”雷蒙赛罗先生问道。

“是这样，先生，如果您没有意见，我想换一队，我想加入卡尔队。”

意想不到的结尾

“变！”雷蒙赛罗先生叫了一声。他手一挥，就像变戏法一样。“我变！好了，你现在是卡尔队的了！”

“海莉？”查尔斯问，“你居然弃我而去？”

“正是，就跟你抛弃安德鲁一样。”

“呃——那是不是她的卡也归我们？”卡尔问。

“那是自然。还有海莉掌握的所有线索，她要是愿意，也可以跟你们分享。好了，查尔斯，我来问你：你想不想退出自己的队伍，加入卡尔那边？”

“您说什么？”

“你明白我的意思——人人为我，我为人人。”

“恕我直言，先生，在编的故事中，像小说里三个火枪手什么的，也许行得通，不过很抱歉，这一套现实中行不通。现实里是人不为己，天诛地灭。换句话说，人人都能取胜的话，还叫什么胜利？”

"明白了。可是你收集到的线索，海莉都知道哦。"

"没错，先生，可是她搞不搞得懂，我表示怀疑。"

听查尔斯这么说，雷蒙赛罗先生鼻子微微抽动了一下——这可不是什么欢乐的表情。

"我是开玩笑的，先生。"查尔斯一定也注意到雷蒙赛罗先生的表情了。

"好，我明白了，跟'小男孩查尔斯'里一样，非常好笑，下次记得提醒我跟你们讲那个故事。好吧，不管怎么样，既然你的队友要么出局了，要么弃你而去了，为了对你稍作补偿，我必须要多给你几条线索。"说完他伸手从桌子下面掏出一个白色信封，"来，查尔斯，这个只给你一个人看。"

查尔斯上前一步，接过信封。

"非常感谢，先生，您实在是太慷慨大度了。"

"这个我知道。你还可以问我一个问题，不过，别问'从哪儿能逃出去'这种问题了，那是浪费时间，因为我自己也不知道。"

"您也不知道？"卡尔抢在查尔斯之前问道。

"我完全是一头雾水。整个游戏都是我们的馆长雅尼娜·齐琴科博士设计的，这是她给我的生日礼物。"

"可是，"雅美问，"您直接问她怎么出去就行了，是吧？"

"雅美·休斯同学，你看书时，会直接看最后的结尾吗？"

"那当然不会，可是——"

"就是啊，要的就是意想不到的结尾。只有齐琴科博士一个人知道怎么才能逃出去，从哪里逃出去而又不会触发警报。整个游戏过程中，所有由我本人发放的线索，都是由齐博士专门写好的。”

“好吧。”查尔斯说，“我有个问题——”

雷蒙赛罗先生抬起一只手，说道：“问问题之前，请注意了，你的对手也在场，问题答案他们也会听到。”

“无所谓。我的问题是，为什么您私人房间里，小茶几上放着一本《巴塞尔·E. 弗兰克韦勒夫人乱糟糟的文件摘录》？”

“因为我像你们这么大的时候，托本太太，也就是这里的图书馆员，她给了我那本书。”

米格尔也举手提问。

“怎么，米格尔？”

“可不可以再奖励一个问题？”他问得很礼貌。

“不行，”雷蒙赛罗先生回答，“不过我倒是可以奖励你们一个答案——当然，这个答案查尔斯也能听。你们的奖励答案是‘黑松、火炬松、洛基山白松’。”

“问题是不是‘说出三种松树的名字’？”查尔斯忙不迭地说，一方面是为了出风头，另一方面也是想让卡尔队知道，他们虽然得到了“奖励答案”，但是一点儿额外的优势也没有。

“他们说，回答正确。”雷蒙赛罗先生摸摸耳朵，好像有人通过耳机跟他讲话似的。

他又伸手到桌子底下掏东西，这次掏出来一个沙漏，足足有三尺高。很多雷蒙赛罗公司出品的游戏里，都用一个红色的塑料沙漏当计时器，只不过面前这一个，显得无比巨大。

他把沙漏翻转过来。

“这个是巨型沙漏，三小时的。”沙子开始往下滑落。雷蒙赛罗先生继续说道：“现在是九点整，你们只剩三个小时来找到图书馆的出口。祝各位好运，哪个队伍更强——哦，对了，查尔斯这一方是单枪匹马——哪一边更强，则哪一边获胜！”

46

咨询专家特权

“好吧，让我想想，雷蒙赛罗先生今天到底提供了什么货真价实的线索。”查尔斯自言自语。因为整个会议室，只有他一个人。

不过，他并不介意“单枪匹马”，一个人，也就意味着取胜之后，自己不用跟其他人分享奖励。

要赢，就赢得彻彻底底。

要输，也输得干干净净。

这个世界，本来就是这样。

查尔斯心里很清楚，自己赢定了。

毕竟自己是姓齐灵顿的，齐灵顿家战无不胜。

关于《巴塞尔·E. 弗兰克韦勒夫人乱糟糟的文件摘录》这本书，自己算是浪费了一个问题——浪费就浪费了，又能怎么样。原来雷蒙赛罗先生有这本书，纯粹是怀旧，就因为这本书是他少年时最敬爱的图书馆员送给他的。跟卡尔·凯利一样多愁善感，哎哟哟，好感人呐——废物一个。

还有，什么这棵松树那棵松树的，搞什么鬼？

莫名其妙。

查尔斯打开信封，里面有两张剪影卡片，上面还有序号，以防他搞不清哪张卡是藏在哪本书里的。

一张序号是 8：

宝宝（baby）+ 字母 ed ？什么意思？哦！是爬（crawl）+ed（crawled）!

他又看看第二张白送给他的提示卡。

这张卡序号是 12：

什么意思？三顿饭？三对夫妻？饭店？

这个不容易。

查尔斯决定把这两张图跟之前的放在一起，看看会不会更容易明白一些。

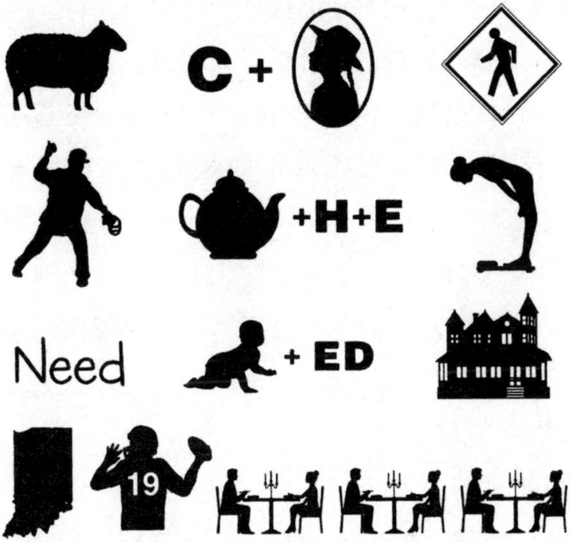

现在只剩下一个提示图没有找到了，其他都齐了。

“你能够走出去(you can walk out)，通过(the way)，空白，爬进去(crawled in)，在里面(in)，经过(passed)，饭店(restaurant)。”

不行，这样说不通。

其实，只有前两行图案的意思他是肯定的，那就是：

“你可以通过……走出去。”

“可通过什么走出去呢？经过饭店？难道是说图书角餐厅？”

可那个橄榄球球员的图案又是什么意思呢？

这张图案是那本《渐入佳境——强尼·尤耐塔斯和我》里

面的，强尼·尤耐塔斯打球时，雷蒙赛罗先生正是自己这么大的时候。莫非强尼有家自己的饭店？是不是全国连锁的餐厅？

如果没错的话，说不定以前亚历山大市就有一家连锁店，说不定那家店就在以前的金叶银行大楼里，也就是这栋大楼。

最后一行，意思是不是“在强尼·尤耐塔斯的饭店里”？

有没有可能之前安德鲁说的是对的？橄榄球员这张图，其实意思是十九？这样的话，最后一行的意思则是“在十九……里面”。十九什么？十九家餐厅？还是说最后几个图案的意思，其实是“祝酒”？因为图案里桌上摆着玻璃杯子。

不对劲。

“是纪念日！”

奖励卡上的这三对夫妻，很明显是在庆祝他们的纪念日！

可是——十九个纪念日？难道今天是纪念亚历山大市什么事件的十九周年？

查尔斯摇了摇头，他心里清楚，不搞清楚倒数第二行的意思，最后一行也是想不出来的。只有倒数第二行里还缺一张图案了。“空白，爬（crawled），旅馆（Inn）。”

缺的那张图要是眼珠子（eyeball）就好了，这样的话第三行就可以解为“我（I / eye）爬进去（crawled in）”。

等等，查尔斯想到，书柜里还有一本书，大家都没找到，叫《俄亥俄州刑事要案实录》，作者是克莱尔·泰勒－温特斯（Clare Taylor-Winters）。看来最后一张图，应该是罪犯之类的。

有了这张图，查尔斯就知道是谁爬进了银行，更重要的是，是从哪里爬进来的。难道，提示里说的十九周年纪念，是指那次家喻户晓的银行抢劫案？

查尔斯意识到，自己需要帮助。

是时候使用特权——“咨询专家”了。

想到这儿，他不禁笑了。

因为查尔斯认识全国乃至全世界最了不起的图书馆专家，比什么雅尼娜·齐琴科博士重量级得多。

卡尔·凯利，还有那群乌合之众，根本不是自己的对手。

47

只差一张读者证

Mr.Lemoncello's Library

最后时刻，卡尔急着赶在杜威分类阅读室开门之前，听听海莉在查尔斯那边时收集到的所有线索。

与此同时，雅美把安德鲁和海莉两人读者证上的信息，也都添加到会议室的白板上。

“我们的解谜思路是拼图解字谜，”海莉说，“有点儿像记忆配对游戏，跟以前一个电视节目《集中注意力》有点儿像。”

“我们也玩过一次，”米格尔说，“是看图解谜。”

“对。目前能肯定的意思，大概是这样：你们通过劫匪爬进来的地方出去。”

“‘汝不可偷盗’，”卡尔接了一句，一边说，一边轻点《圣经》里这句话的位置，“这句话也提示了劫匪。”

“还有燕八哥，”茜拉说，“叫的声音很像警笛声。”

“警察追劫匪！”

“等等，”米格尔说，“威利·旺卡又是怎么回事？《查理和巧克力工厂》里提到过罪犯吗？”

“没有。”茜拉回答。

“还有这些怎么解？”雅美问道。她手指读者证上的信息列表，“我把两张新卡上的信息也加上去了，可还是不知所云。”

读者证背面列的书目

1. 米格尔·费南德斯

《大草原的奇迹》，作者：艾伦·W. 埃克特

《大卫，不可以》，作者：大卫·香农

2. 雅美·休斯

《一条鱼 两条鱼 红色的鱼 蓝色的鱼》，作者：苏斯博士

《九故事》，作者：J. D. 塞林格

3. 安德鲁·派克曼

《代号“秃鹫”》，作者：詹姆斯·格雷迪

《八表亲》，作者：路易莎·梅·奥尔科特

4. 布里吉特·魏杰

《四年级废物外传》，作者：朱迪·布卢姆

《哈利·波特与魔法石》，作者：J. K. 罗琳

5. 茜拉·罗素

《下课去埃及》，作者：济尔法·基特利·斯奈德

《威斯汀游戏》，作者：艾伦·埃斯金

6. 叶思曼·史密斯辛德

《八十天环游地球》，作者：儒勒·凡尔纳

《牦牛说“我呸”》，作者：卡罗尔·帕格利亚诺-马丁

7. 肖恩·基根

《奥莉薇》，作者：伊恩·福尔克纳

《真不可思议》，作者：保罗·詹宁斯

8. 海莉·戴利

《天堂里的海龟》，作者：詹妮弗·L.霍尔姆

《时间的折皱》，作者：马德琳·英格

9. 萝丝·沃米特

《不是一家人不进一家门》，作者：悉尼·泰勒

《猫咪去去去》，作者：卡尔·希亚森

10. 凯拉·考森

《安娜对无限力量》，作者：米尔德里德·埃姆斯

《人行道的尽头》，作者：谢尔·希尔弗斯坦

11. 未知

12. 卡尔·凯利
《我爱你，臭臭脸》，作者：莉萨·麦考特
《打瞌睡的房子》，作者：奥黛莉·伍德

“哇，”海莉叹道，“真够乱的。”

“甭提了。”雅美说。

“我想应该不会再让咱们拿作家名字来解谜了，”茜拉说，“就是大穹顶上面那些。”

“你说什么？”海莉问。

“说来话长，”米格尔说，“回头再细说吧。”

“这会儿，”卡尔说，“咱们得找点儿线索，搞清楚怎么解开这团乱麻。齐琴科博士一开始不是说过吗，‘记住，有什么需要，都可以凭诸位的读者证得以满足’。这条线索一定至关重要。各位，咱们一定要找出个头绪来。”

就在这时，雷蒙赛罗先生突然从门外探头进来。

“你们好，我没打扰你们吧？四十七分钟以后，楼上就要开门了。有没有人想再来一把‘极限挑战’？”

48

再来一把极限挑战

Mr.Lemoncello's Library

“我得再次提醒一下啊，”雷蒙赛罗先生说，“所谓‘极限挑战’，那一定是非常、极度具有挑战性，甚至——有时候还极度危险。”

“查尔斯也要‘极限挑战’吗？”雅美问。

“有可能。我等下就去问他。”

这时候雷蒙赛罗先生已经换掉了法官服，身上穿的是黑衣黑裤，还是那种高领的套头衫，头上戴一顶黑色贝雷帽，动感十足，活脱脱就是一个入室窃贼。

“您这身衣服有什么门道吗？”海莉问，“看起来，跟‘银行劫匪’的主题很搭哦。”

“搞不清，是齐琴科博士让我穿的，专门为了最后的大功告成——你们会大功告成吗？”

“查尔斯有可能，”卡尔嘟囔了一句，“我们这边进展不顺利。”

“反正十一点之前是难有进展了，”茜拉补充道，“十一点时，房顶上会出现最重要的线索。”

“真的吗？”雷蒙赛罗先生说，“这个齐琴科，嘿，她还真会搞悬念。”

“那咱们就来一把‘极限挑战’，”海莉说，“反正没什么损失。”

“呃——损失大了去了！弄不好就会输个彻底。”雅美说。

“不是大家一起挑战，”卡尔说，“我一个人来。再说了，我不还是队长吗。”

“你是队长？”海莉问。

“我们经过选举的，”雅美说，“昨天选的。”

“哦，行啊。”

“不过卡尔，兄弟，”米格尔说，“要是‘极限挑战’砸了，你就输了哦。”

“我输，咱们队赢，是一样的。”

“不一样，”雷蒙赛罗先生说，“卡尔，你要是输了，那就是输了，最后获胜的大奖，可没有你的份儿。”

“我无所谓。”

“我跟你一起挑战。”海莉说。

“不行，不能一起。”雷蒙赛罗先生说。

“我不参加不行啊。好吧，由我做您的游戏产品代言人是最合适不过了，这个我知道，想必您也知道。可我不能躺在卡尔和队友们的成果上获胜，我要凭本事，挣得自己的一席之地。”

“很抱歉，海莉，‘极限挑战’从来就是单枪匹马的。”

“可是——”

雷蒙赛罗先生抬起一只手：“没有可是，卡尔必须独自面对挑战。不过嘛……”

“不过什么？”

“你们其他人可以通过视频观看挑战过程，还可以用内部通讯系统为卡尔加油。海莉，你不正好是啦啦队的吗？”

“她是，”卡尔回答，“不过她从来没给我加过油。”

“这次一定给你助威，我保证！”

“好极了，”雷蒙赛罗先生说，“对了，顺便说一下，卡尔，一旦决定要挑战，就没有退路了哦。”

“没问题，”卡尔说，“开始吧！”

“卡尔加油！向前——冲！”海莉已经喊起来了。

雅美被她吓了一跳。“下次开始前能不能先说一下？”

“抱歉抱歉。”

雷蒙赛罗先生又摸了摸耳朵。“你的挑战题目就是——齐琴科博士正在跟我讲——”

“欲知答案——”

他稍稍停下来听耳机里的话，然后接着说：

“想破密码——须找回忆盒子——里面装着母脉。”

“什么乱七八糟的？”

雷蒙赛罗先生耸耸肩，说道：“抱歉，这不是我写的，我只是听到什么就复述出来而已。等等，下面还有——”

“工业革命不算什么，

解谜要靠我的第一个点子。”

大家都瞠目结舌。

雷蒙赛罗先生又摸了一下耳朵，继续说：“下面是补遗。”

“什么？”

“最后附加的提示。”

“盒子本来就在此地，

现在却落在别处。

卡尔啊卡尔，

且看你何去何从？”

说完，雷蒙赛罗先生站在那儿，嘿嘿笑个不停。

“就这些？”卡尔问。

“是的，二楼阅览室开门之前，找到你需要的东西，那东西就归你了，要是找不到，卡尔，你就要出局，而其他队员只能靠自己的力量继续比赛，没办法，这就是规则。好吧，祝你好运——还剩十五分钟。”

说完他就走了。

“兄弟，”米格尔一边摇头一边说，“这回你是死定了。”

“等等，”海莉说，“我大概知道雷蒙赛罗先生讲的是什么东西。”

“你知道？”卡尔问。

“除了我还有谁？就是我把它从‘这里’弄去‘别处’的！”

49

最顶尖的图书馆馆长

Mr.Lemoncello's Library

“好了，查尔斯，”雷蒙赛罗先生说，“你是否有意使用剩下的特权？要不要‘极限挑战’？或者‘咨询专家’？”

“是的，先生，”查尔斯回答，“另外，请允许我表示一下，您专程来我这儿垂询，真是太感谢了。”

“怎么说呢，反正天色阴沉，欲降美食[1]，左右我也无事可做。”

“抱歉，您说什么？”

“没什么，我刚刚又神游了，从‘奇幻收费亭’里飞出去了[2]——再来一次：请问你想使用哪项特权？”

“我想‘咨询专家’，先生。”

“没问题，去馆员咨询台找托本太太。我得去办公室监控

[1] 此处的典故来自《天降美食》(*Cloudy with a Chance of Meatballs*)，2009 年的动画电影。——译者注

[2] “奇幻收费亭”(Phantom Tollbooth)的典故，来自诺顿·加斯特(Norton Juster)于 1961 年出版的同名小说。——译者注

卡尔，他正在进行‘极限挑战’呢。”

“他这会儿在挑战什么？”

“就是要打败你啊。老夫去也！”

雷蒙赛罗先生提了提贝雷帽示意，脚后跟着地一转身，朝圆形大厅对面一个书架走去。

只见他昂起头，按了一个红色按钮——按钮的位置竟然在他脖子中间，然后那面书架上突然弹开一扇门，里面一片漆黑，雷蒙赛罗先生走进去之后，书架又合上了。

查尔斯匆匆前往圆形大厅正中的馆员咨询台。

“托本太太？”他拍了拍巴掌，“托本太太？快快现身，时不我待啊，再过十五分钟楼上的阅览室就要开门了。托本太太？”

终于，托本太太的投影出现了。

“早上好，查尔斯。需要帮忙吗？”

“我要‘咨询专家’。”

“悉听尊便。请问你想咨询哪位专家呢？”

“熟谙图书馆的人。”

“如果仅限于此的话，查尔斯，我本人倒是略知一二。”

“我要找我舅舅吉米。”

“你舅舅吉米？敢问其详？”

“当然。全名詹姆斯·F.威楼毕三世。”

“那位大名鼎鼎的詹姆斯·F.威楼毕三世？”

“正是。”

“首都华盛顿国会图书馆的馆长是你舅舅？”

“没错，正是我亲舅舅。要是连他——全国最顶尖的图书馆馆长都不能帮我找到要找的书，那还有谁可以？”

50

赶在计时器响起前通关

Mr.Lemoncello's Library

“那个‘回忆盒子’就在书库里。”海莉告诉卡尔。

于是，卡尔一路冲向地下室。里面又长又宽，摆满了书架，一排一排整整齐齐，从地面一直伸到房顶——他记得开始时就是这样的。

卡尔抬头望望最近的一个监控摄像头。

“下面往哪儿去？”

“我藏到里面了，最里面。”海莉的声音从房顶的麦克风传来，“就在那个该死的图书分拣机旁边的书架上。”

卡尔沿中间过道向前冲。

突然，右手边一面金属书架呼啦一声猛滑过来，又沉又重，像装了风火轮似的。

“小心！”海莉喊道。

书架戛然停住，正好挡住卡尔的去路。

“往左走。”米格尔出主意。

全体队员都在关注卡尔的行动，为他打气。

卡尔朝左边跑去。

又一面钢铁书架从旁边滑过来。

“跳回来！”雅美喊。

书架猛然止住，距离卡尔的脚只有两寸。

“卡尔！你没事儿吧？”

“没事儿。”

“这简直跟三强赛里的‘树迷宫’一样！”茜拉说。

“什么？”

“《哈利·波特》第四部——《火焰杯》。”

“哦——这本也要看看。”

这时，卡尔当然也已经明白，所谓“极限挑战”，最“极限”的是什么了，就是这些高高伸到屋顶的金属书架，上面装得满满的都是沉重的纸箱、书籍，还有金属做的储存箱，呼啸着滑来滑去，估计每个书架的重量都得有几吨。要是一个不小心站错了位，被这么一个大家伙从旁边砸中，整个人差不多得被压成煎饼。

“警告——”屋顶上传来打着官腔的女声，“完成挑战时间还剩十二分钟。”

卡尔只能继续前进。雷蒙赛罗先生没说错，确实是毫无退路——除非自己服输认栽，灰溜溜地回老家。

哼！开什么玩笑！

卡尔一边想，一边跃过两排书架。

“左转！”只听海莉呼喊，“快点儿！”

卡尔右手边的墙壁突然弹开，露出六面旋转的板壁，每一面足足有二十英尺高，先向旁边飞掠，然后往后滑去，形成一面新的墙壁，通道也不复从前。

“只剩十码就到了！”海莉还在指引他。

卡尔左穿右穿，终于艰难地通过了这一片随机滑动的书架。

可只要他面前出现笔直通道，墙壁就会重新转动，转完通道就不见了。

终于卡尔找到一条缝隙，窄得仅可容下他的脚，他“呲溜”一下抢上前，侧身想挤过去，可这时墙面竟然慢慢停止了转动。

屋顶的声音又宣布：“警告——还剩六分钟。”

“我被卡住了！”他大喊道，“出不去！”

好一阵子，几位队友都没有搭腔。

最后，茜拉的声音终于响起。

“把手放在右边的墙上。”她说。

“什么？放墙上干什么？”

“我小时候常玩迷宫游戏，要是所有墙壁都是连在一起的，那么只要一直用一只手碰到墙面，最后就能找到出口，或者回到入口。”

“照她说的办！”雅美说。

“兄弟，这个靠谱！”米格尔也说。

于是，卡尔右手紧紧按住右手边墙壁的书架，一点一点向前挪。

“加油，卡尔！”海莉又开始喊口号，“抱墙走！抱墙走！”

通道变宽了，卡尔一手贴住右边的墙壁，绕过墙角，绕过

Z 字来回，终于找到一处出口，来到还书口的传送带附近。

“搞定了！”海莉欢呼，“啊哈！”

所有书架都退回原位，像教堂的长凳一样，靠墙码得整整齐齐。

“好了，”卡尔自言自语，“进都进来了，就不怕出不去。海莉，盒子放哪儿了？”

“我放书架上了。”

“哪一个书架？”

“那边那个。”

“警告——”屋顶的女声冷冷响起，“挑战时间还剩最后三分钟。”

卡尔盯着最靠近自己的摄像头，“喂，海莉？盒子到底长什么样子？”

“就是一个硬纸板盒子，放在抽屉里的。”

“晕，这里有成百上千个盒子，长得都一样。”

“我在上面放了一张粉红色纸巾做标记的。”

卡尔冲向一面书架。

“还剩两分钟。”警示声继续。

“是这个吗？”卡尔问。

“没错！在铁抽屉里找找！”

“你不是说硬纸板——”

“是硬纸板做的，打开盖子——不是那个盖子，另一个。”

“这个？”

“不是！下面那个！”

“还剩一分钟。”

“快点儿，卡尔！”

“还要我怎么快？！”

“快打开！”

卡尔打开一个铁质抽屉的盖子，里面是一个鞋盒子，已经压瘪了。

这时卡尔队所有成员异口同声地大喊：

“快拿着！”

“拿了就快跑！”雅美不忘加上一句。

卡尔把鞋盒子往腋下一夹，开始玩命儿狂奔。

冲过地下室，然后又三步并作两步冲上旋梯。

再次来到圆形大厅，跑得心脏病都要犯了。

“还剩三十秒。”

卡尔简直像溜冰速滑一般掠过大理石地板，地面太滑了，他实在控制不住平衡——

一跤向前摔倒。

手里的盒子也飞了出去。

盒子脱手，跌落在地上，接着就像曲棍球一样滑过地面，滑进了二号会议室里面。

就在这时，计时器响起。

“时间到。”屋顶播音说。

“耶！”米格尔喊道，“兄弟，你拿下了！”

这时，卡尔才喘过一口气。

51

焦急地等待

Mr.Lemoncello's Library

查尔斯已经提出自己的请求，现在只能安静地等着。

过了一阵子，雷蒙赛罗先生回到圆形大厅。“看来，”他说，“你舅舅吉米是个大忙人呀，我想起蜘蛛侠来了。对了，今天是星期天啊，等下我们再试试，看他在不在家里。”

“谢谢您，先生。我跟吉米舅舅说过，这个周末可能有事找他，他会等着我的。”

“结果呢，‘云深不知处’呀。下次你们家感恩节聚会的时候，这事儿你得跟他说一下。好了，容我先行告退，现在已经九点五十八分了，杜威分类阅览室差不多要开门了。”

雷蒙赛罗先生打开一面壁橱，掏出一个扩音器。

“你不用跑去哪个阅览室吗？不是说还需要什么线索，要找什么书吗？”

“就一本，”查尔斯回答，“得吉米舅舅告诉我是哪一本。麻烦您继续帮我找他，可以吗？”

“这个自然，”雷蒙赛罗先生指着查尔斯衬衫上的一处污渍说，“要是你愿意的话，我还能安排阿尔·卡彭[1]来帮你洗洗衬衫呢。”

查尔斯只能点头讪笑，心想：阿尔·卡彭什么时候开了洗衣店？

[1] 阿尔·卡彭（Al Capone），美国历史上著名黑帮首脑。——译者注

谜底呼之欲出

Mr.Lemoncello's Library

“各位请注意了，”雷蒙赛罗先生的声音从扩音器里传出来，有点儿尖利，“杜威分类阅览室现在已经开门了，本次游戏可是有时限的，没有‘不老泉’，所以呢，大家还是学‘超级鼠’[1]，赶紧冲上楼去吧！”

卡尔和队友们听见雷蒙赛罗先生的广播了，不过他们并没有急着出去，而是继续待在二号会议室里，研究面前这个满是灰尘的旧鞋盒。

“这个盒子是雷蒙赛罗先生的，是他在咱们这个年纪时用的，”海莉说，“你看，我敢说这个东西咱们绝对有用。”她递给卡尔一个马尼拉信封，上面贴了一堆胶带，正面寥寥几笔写着“第一个、也是最糟糕的创意”。

[1] “不老泉”“超级鼠”，此处两个典故分别来自娜塔莉·巴比特（Natalie Babbitt）著的《不老泉》（*Tuck Everlasting*）及罗伯特·欧布莱恩（Robert O'Brian）著的“超级鼠”（*Rats of NIMH*）系列儿童小说，两者皆为著名儿童文学作品。——译者注

“漂亮。”卡尔一边说，一边开始解胶带，“有一条线索说过，他的‘第一个点子’可能就是咱们要找的答案。”

信封里面有一叠卡片、几个橡皮图章、一个印台，还有一本三孔的文件夹，里面夹的纸上满满都是小学生的写写画画。

这就是少年路易吉·雷蒙赛罗写的东西，卡尔大声读道：“隆重介绍《首字母》——了不起的密码游戏。”

海莉拿起几张卡片，每张上面都有一幅卡通画，还有一个字母。比如苹果（Apple），字母就是 A；蜜蜂（Bee），字母就是 B；胡萝卜（Carrot），字母就是 C。以此类推。

卡尔继续读：“想给朋友发条密信，放学以后碰头？请用‘超级绝密图章’！”

米格尔仔细研究了一下几个图章，上面有木头把手。“嗯，图章跟卡片是搭配的。”

“到底怎么用这堆破玩意儿给朋友发密信呢？”雅美问。

“简直太烂了，”卡尔说，“听着，‘月亮’‘大象’‘大象’‘老虎’‘月亮’‘大象’‘苹果’‘火烈鸟’。”

雅美手一举说道：“行了行了，我知道你的意思了。”

“说不定这是给小孩子玩的。”茜拉说。

“绝对的，”卡尔说，“因为过了六岁，正常人解这些密码都用不了十秒钟。”

说着说着，他突然停了下来。

“原来是这样！”

他来到墙边，上面写着读者证上的书目。“用这些书名来玩《首字母》游戏，会是什么情况呢？”

读者证背面列的书目

1. 米格尔·费南德斯

《大草原的奇迹》，作者：艾伦·W. 埃克特

《大卫，不可以》，作者：大卫·香农

2. 雅美·休斯

《一条鱼 两条鱼 红色的鱼 蓝色的鱼》，作者：苏斯博士

《九故事》，作者：J. D. 塞林格

3. 安德鲁·派克曼

《代号“秃鹫”》，作者：詹姆斯·格雷迪

《八表亲》，作者：路易莎·梅·奥尔考科特

4. 布里吉特·魏杰

《四年级废物外传》，作者：朱迪·布卢姆

《哈利·波特与魔法石》，作者：J. K. 罗琳

5. 茜拉·罗素

《下课去埃及》，作者：济尔法·基特利·斯奈德

《威斯汀游戏》，作者：埃伦·拉斯金

6. 叶思曼·史密斯－辛德

《八十天环游地球》，作者：儒勒·凡尔纳

《牦牛说“我呸”》，作者：卡罗尔·帕格利亚诺－马丁

7. 肖恩·基根

《奥莉薇》，作者：伊恩·福尔克纳

《真不可思议》，作者：保罗·詹宁斯

8. 海莉·戴利

《天堂里的海龟》，作者：詹妮弗·L. 霍尔姆

《时间的折皱》，作者：马德琳·英格

9. 萝丝·沃米特

《不是一家人不进一家门》，作者：悉尼·泰勒

《猫咪去去去》，作者：卡尔·希亚森

10. 凯拉·考森

《安娜对无限力量》，作者：米尔德里德·埃姆斯

《人行道的尽头》，作者：谢尔·希尔弗斯坦

11. 未知

12. 卡尔·凯利

《我爱你，臭臭脸》，作者：莉萨·麦考特

《打瞌睡的房子》，作者：奥黛莉·伍德

“好了，”米格尔在墙上找了块空白的地方，然后说，“所有书名的首字母连起来是这样的。”

I N O N S E T H T T A T O U T A A S A W ? ? I T

“还是搞不清楚是什么意思。”雅美说。

“等等，”茜拉说，“书名里第一个单词是冠词的不算，应该用第二个单词的首字母。”

“对，是这样。”米格尔说。

I N O N S E T H E W A Y O U T W A S A W ? ? I N

“好了，”雅美说，“好像有点儿意思。”

她走到白板前，把米格尔列出的字母分成几个部分。

I, NON, SET, HE, WAY, OUT, WAS, A, W??, IN

“等一下，”卡尔说，“有可能是——”

IN, ON, SE, THE, WAY, OUT, WAS, A, W??, IN

“in on se 是什么东西？”雅美问。

“等等，瞧！”米格尔说，“第二张和第三张读者证上面的书名，正好是以数字开始的！”

于是卡尔拿过笔，又改动了几处，把数字加进去。最后结果是：

IN, 1968, THE, WAY, OUT, WAS, A, W??, IN

“等一下，”海莉说，“你们还记得周五的问答题目吗？我答得很烂，所以后来晚上就上网查了一下，结果，问题里提的事情都发生在 1968 年。”

“对了，”茜拉也说，“我也查了点儿东西，雷蒙赛罗先生生于 1956 年，也就是说，1968 年他刚好十二岁。”

“好啦，”雅美说，“知道这些杂七杂八的，到底有什么用呢？”

“当然有用了，”卡尔说，“1968 这个年份是关键。还有，整句话我们不用查尔斯的读者证也知道意思了。”他走上前将答案写在白板上。

In 1968, the way out was a way in.

（1968 年，出去的路就是进来的路。）

“1968 年到底发生了什么事？”海莉问。

“是《查理和巧克力工厂》问世那年？”米格尔问。

“不是，”茜拉不假思索地回答，“那是 1964 年。”

“那么艺术和工艺品阅览室里那条关于糖果（Candy）的线索，又是怎么回事儿？”

“看来咱们搞错了，”雅美说，“咱们得回去，重新找找跟安迪（Andy）押韵的东西。”

“安迪？”海莉问，“安德鲁？他不是作弊出局了吗？”

“这说来话长了。”

“那就缓缓再说，”卡尔说，“这会儿咱们赶紧去三楼！”

53

最后的时刻

回到艺术和工艺品阅览室以后，卡尔信心十足，觉得最后的答案已经近在咫尺——不管最后的答案如何匪夷所思。

到底怎么才能逃出图书馆，大家心里都在猜测。

“现在是十点四十四分，”雅美说，“再过十六分钟，最后一条线索就会出现在大穹顶上了。”

“好了，”卡尔说，“大家分头找，找一个跟安迪(Andy)押韵的东西。”

“这个银行大楼的模型倒是来得很Handy（及时）。”米格尔说。

“‘丹迪帮’的劫匪！”雅美突然喊了一声。她正在端详那些帽子的展品。

“没错！”海莉恍然大悟。她脱下鞋，把里面藏的提示卡拿出来给大家看。

“Bandit（劫匪）！这个是我在 300 阅览室找到的！”

“300 阅览室？正是咱们一直等的最后一条线索！”卡尔说。

“真实犯罪类的书籍，杜威分类法是归在 300 类的，”米格尔说，“咱们只要找到这本书，就能知道 1968 年的劫匪是从哪里爬进来的！”

“你们看，”雅美说，她把展柜里标牌上写的文字读出来了，“‘这顶花格软呢帽的年代为 1968 年，主人叫里尔泼尔德 · 劳布劳里（Leopold Loblolly），是臭名昭著的丹迪帮成员’。”

“叫劳布劳里（Loblolly）？ loblolly 也有‘火炬松’的意思！”米格尔叫道。

“就是味觉游戏的线索！”卡尔也说，“怪不得那时候老是闻到一股松树味儿。”

“雷蒙赛罗先生刚刚给你们的三个松树答案里面，就有一个是‘火炬松’！”海莉也想起来了。

“吼吼吼——”这时雷蒙赛罗先生又现身了，他穿着香蕉鞋，走起来吱吱响，“答得漂亮，戴利小姐，还有休斯小姐。”

“瞧见没？”雅美说，“咱们第一次来这里，我就说中了，我就说，押韵的是 dandy，可你们一个个都说什么‘不对，是 candy’，还跟什么‘威利 · 旺卡’扯上关系——”

“对呀，我想起来了，”雷蒙赛罗先生也恍然大悟，“1968年，那年我正好泡在老图书馆里，正在构思一款游戏。”

“还有呢，”卡尔帮他续下去，“您当时实在太忘我，连警车呼啸而过赶去金叶银行抓贼都没听见。”

“学警笛声的燕八哥是亚历山大市的鸟类，”茜拉说，“当时警笛就是在这儿响起的！”

米格尔最后收尾：“也就是丹迪帮劫匪钻进银行的那天。”

“天啊！”雷蒙赛罗先生很诧异，“你们这些孩子怎么知道那么多陈年旧事？”

“这都是游戏的线索，”卡尔回答，“还有就是周五晚上有人问齐琴科博士，为什么图书馆大楼需要用银行保险库的大门，她告诉了我们抢银行的旧事。”

“那时候她就已经把线索白送给咱们了！”雅美说。

“现在时刻，十一点整，”房顶上播音响起，“本游戏将于一小时内结束。”

“快，”卡尔一边说一边朝门外走去，“十一点，最后时刻到了，咱们得去瞅瞅大穹顶了。”

几人急匆匆来到平台。

“看到了！”茜拉喊道。

“没错，是364.1092！”米格尔也大声叫道。

“啊哈哈！”雅美嚷嚷，“咱们赢定啦！”

54

一无所有的奖品

Mr.Lemoncello's Library

查尔斯还在一楼，他终于等到了舅舅——詹姆斯·威楼毕三世，国会图书馆任馆长。舅舅终于现身了，他终于可以通过视频通话来“咨询专家”了。

“抱歉耽搁了，查尔斯。”

“没关系，吉米舅舅。”查尔斯说。他强撑笑容，其实心里已经火急火燎。

“现在时间十一点整，”还是那个恼人的播报声，“本游戏将在一小时内结束。”

查尔斯没法儿再装了，只能开门见山。

“舅舅大人，我知道您地位尊贵，馆务繁忙，所以我只想问您一个问题：要想找一本俄亥俄州的罪案实录，应该去哪个书架找呢？”

“是按国会图书馆的图书分类吗？”

“不是，是杜威十进制分类法。”

“哦，那简单了，364.1。之后再细分的话，当然就要看具体图书馆的藏书量——”

舅舅的话还没说完，查尔斯已经飞一般地跑了。

他一路狂奔，找到最近的旋梯，来到二楼。三步并作两步上楼之时，他看到卡尔·凯利跟全体队友正从三楼冲下来。

不过查尔斯先到了二楼平台。

他急速绕过平台，先后经过 500 阅览室和 400 阅览室。

卡尔等人是从另一边绕过来的，不过查尔斯还是抢先一步到了 300 阅览室。

他把读者证一刷，门把手一扭，冲进了屋内。

他迅速浏览书架号，然后朝右手边奔去。

他听到卡尔进屋的声音。

他回头斜望，只见卡尔朝左边跑去。

查尔斯在书架中间穿行，一边跑一边算着书架上的数字。

310。

320。

330。

有个运书的机器人“轰”一声穿出来，不过被他避开了。

340。

350。

自己左边，书架那头，他能听到卡尔的脚步声。

一直来到 300 阅览室的中央，大家都到了，中间是一片空地，放着一张法官台，还有一个证人席。

查尔斯离罪案实录区域越来越近。

可是卡尔离得也不远。

查尔斯见到，卡尔正看着自己掌心写的什么东西，嘴里念念有词。

他居然搞到了全部索书号！

看来要改变策略了。

查尔斯缓了下来，让卡尔去带头。

卡尔朝一面书架冲去。

查尔斯轻快地跟在他身后。

“找到了！”卡尔从书架上抽出一本书，高声喊道。

不过他还没有完全抽出来，就在这个当口，查尔斯也抓住了这本书。

两人一起把书抽了下来。

卡尔拿住书脊，查尔斯抓住书的上半部分。

两人来回争抢，如拔河一般。

抢书的当口，卡尔的队友已经赶了上来。

“小心，卡尔！”茜拉喊道，“别把书扯坏了！”

查尔斯笑了，因为卡尔这个心慈手软的蠢货，居然听一个傻乎乎的书呆子的话，手上果然放轻了力度。

也就是说，卡尔把机会拱手让给了查尔斯。

他用身体阻止卡尔，肩膀一下撞过去，把卡尔撞到一边，手里的书也飞了出去。查尔斯立即从地上把书抢到手里。

书到手了，他迅速打开，浏览目录，只见第十一章正是讲金叶银行大劫案的！

查尔斯心知，自己赢定了。

他还不忘用闲着的那只手做了一个嘲笑的手势。

“废物！”他冲卡尔轻蔑地说了一句。

就在这时，只听一声虎啸，接着是一声哨响，雷蒙赛罗先生走了进来，身边还跟着克莱恩斯和克莱门特两位壮汉，旁边居然还有一只稀有的孟加拉虎。

“齐灵顿先生？”

查尔斯又笑了，他知道雷蒙赛罗先生这会儿出现，一定是来恭喜自己排除万难，终于夺取了胜利的。他一个人打败了卡尔他们一群人！

“是的，雷蒙赛罗先生？”

“你还记得齐琴科博士说的第一条规矩吗？”

“当然，先生。除了餐厅以外，任何地方都严禁吃喝。”

“不对。”雷蒙赛罗先生说。他碰了碰自己的鼻尖，一阵警铃声就响起来了。“我说齐博士？告诉他，该说什么。”

这时齐琴科博士的声音从屋顶的喇叭里传来：“斯文有礼。互相之间要斯文有礼，尤其是对馆藏图书，更要轻拿轻放。”

“我知道呀，”查尔斯说，“所以我才不让卡尔·凯利得逞——他差点儿把封面撕下来。哎呀，先生，学校里都知道，卡尔是个疯子，为了取胜不择手段。”

雷蒙赛罗先生转身面向卡尔。

“是真的吗，卡尔？为了获奖，你真的会破坏别人的财产吗？”

“这个嘛，先生——”

卡尔结结巴巴，真是个傻孩子，连撒谎都不会呀。

趁此时机，查尔斯迅速把书翻到十一章，然后把自己的读者证插进去留个印记。

“先生，您不如问问他，他家窗户是怎么打碎的。”

雷蒙赛罗先生又转身面向卡尔。

“窗户？”

“没错，先生，这事儿全校都知道。卡尔·凯利跟两个哥哥玩游戏，什么夺宝游戏，然后——”

雷蒙赛罗先生指着书，打断了他：“挺聪明嘛，用读者证当书签？”

“没错，先生，正是如此，”查尔斯又开始扮可爱了，“当然了，这么聪明的点子，也不全是我一个人想出来的。周五晚上，我看到茜拉这么做，所以——”

“所以你让安德鲁·派克曼去把她的读者证‘借’来。”

查尔斯眼睛眨了好几次，难以置信。“您说什么？”

“齐琴科博士的第一条规矩，你就违反了。对于你的队友安德鲁，你没有斯文礼貌，事实是你恐吓他，让他去偷罗素小姐的读者证，因为你知道，她一直都用读者证当书签。”

“没有啊，先生，我没有。”

“你有，查尔斯，你就是这么干的。”雷蒙赛罗先生碰了一下右耳，“其实，齐琴科博士已经仔细查看了过去几个小时的监控录像。你猜，她发现了什么？”

接着，查尔斯就听到自己的声音从屋顶的喇叭传了出来。

“你注意到没有，茜拉·罗素是用什么当书签的？”

“没有。”

“回答的是安德鲁，”雷蒙赛罗先生说，“接下来又是你。”

“她用的是自己的读者证，也就是二号会议室的门卡。想办法借来用用。”

“是你让安德鲁去偷茜拉的读者证的。”

“这，怎么可能录得下来？”查尔斯说，“我是低声耳语的！”

“没错，可我的麦克风效果非常好！查尔斯，你完了。齐琴科博士，请告诉他——这位马上要离场的朋友——告诉他，他的奖品是什么。”

“奖品就是——一无所有，”正是齐琴科博士带着俄罗斯口音的话，“不过雷蒙赛罗先生，还是请你把最后画谜的答案告诉他吧。”

“哦，对了！”雷蒙赛罗先生伸手从身后的衣袋里掏出一张正方形卡片，拿给查尔斯看。

查尔斯站在原地，心里无比窝火。

“谁愿意给他解释一下？”

“嗯——”卡尔说，“是不是六人（six）吃饭（eat）？”

“差不多了。”雷蒙赛罗先生回答。

过了一会儿，海莉笑了起来：“这张是不是紧跟在那位橄榄球员后面的？”

“对啊，”查尔斯说，“那又如何？”

“安德鲁一开始就猜对了，”海莉说，“橄榄球员那条线索，答案不是‘通过(past)’，而是‘19(nineteen)’。”

雷蒙赛罗先生又换回游戏主持的音效：“那么海莉·戴利，你来给我们解一解这道谜好不好？”

“当然。全部连在一起就是：you can walk out the way bandits crawled in in nineteen six ate.(你们可以从劫匪1968年钻进来的地方出去。)”

“没明白。”查尔斯说。

“nineteen(19)，加上six(6)，再加上ate(音同eight，8)，”雅美也明白了，“也就是1968这个数字。”

“啊哈，对呀，1968年，那年的纽伯瑞儿童文学金奖作品，就是《巴塞尔·E. 弗兰克韦勒夫人乱糟糟的文件摘录》。这也是一条线索，你完全忽视了，查尔斯。”

“哎哟哟，”米格尔打趣，“我还以为姓齐灵顿的，战无不胜呢。”

“凡事都有第一次嘛，”雷蒙赛罗先生说，“克莱恩斯？克莱门特？劳驾，送齐灵顿先生出去。”

“古德白！”雅美说，“现在出局的是，本场游戏最大的输家。”

55

秘密通道开启

Mr.Lemoncello's Library

“快点儿打开！”雅美对卡尔嚷道，“只剩四十五分钟了，赶紧搞清楚，到底劳布劳里和丹迪帮在1968年是怎么爬进银行的！”

卡尔快速翻阅这本《俄亥俄刑事要案实录》，找到查尔斯插书签的地方。

“里面怎么说？”米格尔问。

“第十一章：丹迪帮挖了地道，潜入银行保险库。”

“这是没听老人言——‘汝不可偷盗’啊！”雅美补充了一句。

“肯定是爬着进去的，没错吧？”海莉说。

“狡猾的劫匪，”卡尔继续读道，“先是在金叶银行隔壁一家废弃制衣厂住了下来，然后花了几个星期，从工厂的地下室挖了一条通道，直达银行保险库。”

“这条通道，”米格尔说，“肯定就在现在的图书分拣机下面——从我找到的这些旧蓝图里就能看出来。”

“这样第一条线索就说得通了，”卡尔说，“那本书的名字叫《本地图书馆指南》。齐琴科博士让我们找到这本书，就是提醒我们，一定要摸清图书馆的情况。还有，她让咱们读《福尔摩斯探案集》，也是这个意思。”

“就是里面《红发会》这本书，”茜拉说，“讲的故事，就是一群劫匪钻地道去打劫隔壁的银行。”

卡尔点点头道：“齐琴科博士还说了，她自己刚刚又重读了一遍这本书。我估计，就是因为重看这本书，她才想出这个点子的。”

“大家跟我来，”海莉叫道，“咱们得回地下室看看！”

“我也跟你们一起去！”一旁的雷蒙赛罗先生也嚷道，“我得看看大结局！”

卡尔把那本书紧紧抱在胸前，一马当先冲了出去。

“喂，你还带着书干吗？”雅美问。

“到时候把这本书往传送带上一放，”卡尔解释说，“然后看分拣机把书送到哪里，我猜，书送到的地方，就是咱们要找的‘后门’！”

“明白了，就是咱们逃出去的捷径！”

“正是。”

一行人浩浩荡荡下楼往地下室走去，期间雷蒙赛罗先生转向卡尔问道："那么，小凯利先生，你这个周末玩得开心吗？"

"很开心。"

"好极了。恭喜你，休斯小姐，看来你已经赢啦！"

听见此话，雅美居然一阵脸红。

"您说什么？"卡尔很疑惑。

"休斯小姐——她真是你的挚友——作文里，原话是这样写的：我想见识一下新图书馆，因为我想告诉我的好朋友卡尔·凯利，新图书馆有多么好玩。"

"你作文里还写了我？"

"可能吧，我也不记得了。"雅美吞吞吐吐。

"哇，"卡尔说，"从来没人这么看得起我。"

"好啦！要是咱们这次还赢不了，以后谁都不会看得起你啦。别煽情了，咱们先找到出路，行吗？"

"我看行。"

"警告——"播报又来了，"本游戏将于半小时内结束。"

大家都加快了脚步。

还好，众人来到地下室时，那些巨大的书架没有再动起来布迷宫。

"自动图书分拣机就在前面，沿着这条路一直往前，靠近对面的墙。"卡尔说。

大家一路朝传送带奔去。

“我记得旧蓝图里有，”米格尔说，“保险库当时就放在这里，就在这台分拣机的位置。”

“好，大家听我说，”卡尔说道，“这本书被机器人送到哪里，估计那个位置的正下方，就是地道的入口。”

卡尔把那本《俄亥俄州刑事要案实录》放在交叉错落的传送带中间，郑重地说道：“成败在此一举。”

没有什么动静。

“怎么搞的？”米格尔叫道，“为什么没动静？”

“是不是这本书不够重？”卡尔说着按了一下书的封面。

还是没有动静。

大家瞠目结舌，盯着传送带上一动不动的书。

“昨天传送带可是一刻都不停的！”海莉抱怨道。

“我知道了！”雅美大叫一声。她跑到墙边，把墙上关闭的紧急开关又恢复到“开启”状态。

还书口下面的红色激光扫描仪终于亮了起来。

传送带开始慢慢启动。

上面只有这一本书，缓缓向前移动，就像打包机上面的一块糖果一样。到达传送带顶端的第三个机器人面前时，滚轮突起，把书托起来离开轨道，掉到了一旁机器人面前的篮子里。

传送带也停止了运动。

一切又恢复了静止。

"完了？"

"警告——"还是播音，"本游戏将于二十分钟内结束。"

"没用呀！"海莉说。

"咱们死定了。"雅美说。

"等等！"卡尔指着机器人下面的地板说，地板上有一块方砖，正闪闪发光，跟楼上书桌上内嵌的电脑触摸屏一模一样。"上面写的正是之前那句 Howdy, Dü you like fun games? Get Reddy."

"妙极了！"雅美乐了，然后跟卡尔两个人前仰后合地笑个不停。他俩同时想起，周六早上在桌游室看到的那几个游戏盒子上的谜语，答案正是这句话。

"现在又显示说，要我们玩一个组词游戏。"

"嗯，这种设计我喜欢。"雷蒙赛罗先生很陶醉。

"大家都过来，"卡尔说，"准备好！"

卡尔、雅美、茜拉、米格尔，还有海莉围成一圈儿，跪坐在地上，雷蒙赛罗先生在后面俯身看着。

"开始了。"卡尔说。此时屏幕上开始显示游戏玩法。

用以下十六个字母

组成十六个单词

时间十六秒

只能少不能多

显示完以后，屏幕下方出现了一个六十秒的计时器，然后屏幕上显示出十六个混乱的字母。

L U I G

I L L E

M O N C

E L L O

“正好就是雷蒙赛罗的本名——Luigi L. Lemoncello。”卡尔自言自语道。

六十秒计时开始了。

茜拉第一个喊道：“lemon!”头顶上的喇叭里传出一声“叮——”，接着五位队友纷纷喊出自己想到的单词：

“Cello!”

“Eon!”

“Elm!”

“Lion!”

“Mole!”

“Leg!”

“Oil!”

“还剩三十秒！”雷蒙赛罗先生提醒道。

“One!”

“Cell!”

“Cone!”

“Lone!”

“Glen!”

“Lime!”

“呃——mole!”

“这个说过了。”

“那——Melon!”

“十五个了。”屋顶的播音提示说。

“呃——”

“还剩十秒。”

“喂，谁加一个！”

“还剩五秒！”

“四秒！”

“Colonel!”海莉高喊一声。

电脑屏幕上出现两行字：“恭喜！”“你们赢了！”

不知从哪儿响起一阵游戏节目里观众的欢呼声，烟花冲天的噼啪呼啸声，还有几只鹅呱呱叫着“威武”！

“请往后站。”房顶上的声音听上去变得温和了许多。

卡尔和队友们依言靠后。

“警告——”播报声继续，“本游戏将于十五分钟内结束。”

“伙计们，咱们还得出去呢！”雅美提醒大家，“快，这地板怎么搞的，想想办法！”

只见地板上电脑屏幕周围的八块地砖也开始发光，先是黄色，然后变成橙色，最后变成紫色。

“这就是咱们的秘密广场了。”雅美说。

只听一阵咔哒声，地砖自动折叠起来，收缩到地板里面，地面上打开了一扇活板门，整个过程好像折纸一样。

“瞧，”海莉说，“下面有台阶。”

雷蒙赛罗先生朝地上的洞里望下去，灯光把里面照得明亮极了，看得到楼梯和下面的通道。“我的天啊，看来齐琴科博士还真把地下打扫得够干净的，比劳布劳里先生那时候挖的可干净多了。”

“那还用说，”海莉说，“一切都是为了咱们能‘通过 1968 年劫匪爬进来的地方走出去’呀！”

“大家抓紧时间！”雷蒙赛罗先生说道，“我可不想连自己的生日宴会都迟到啊！”

56

最特别的生日礼物

Mr.Lemoncello's Library

卡尔在前，一行人，包括雷蒙赛罗先生，沿着地道走上来，发现他们来到了一间地下室，里面放了好多服装模特儿假人和硬纸箱。

“这里肯定是老城区那些服装店的一间地下室。”卡尔说。

“是‘修身工厂’的牌子，”海莉看了看一个准备送货的箱子，把上面的标牌读了一下，“我的最爱之一呀”。

“不止如此，”茜拉补充道，“1968 年的时候，这里真的是一间制衣工厂。劳布劳里和丹迪帮就是从这儿下手的。”

“那边有楼梯，”米格尔沿着木头梯子爬了几步，“上面还有门。”他转了转门把手，“讨厌，锁上了。”

卡尔朝地下室脏兮兮的窗户望了望。窗户离地面差不多有三米。

然后他实在忍不住，笑了起来。

这场景实在是太熟悉了，他想起之前跟哥哥玩游戏时，自己是怎么赢的。只不过，这次是倒过来操作的。

“帮我搬几个箱子过来，”卡尔对米格尔说，“一个个堆到窗户底下来。”

两人拿箱子搭起梯子，卡尔爬上去，检查了一下窗闩。

“呵呵。”卡尔笑了。

“不是吧？”雅美问，“还有什么把戏？”

“没错。这是密码锁，就是四个转轮，随机组合的那种。”

“警告——”又有播报。

“什么？”雅美惊问，“齐琴科博士把大喇叭装到这个地下室来了？”

“本游戏将于四分钟内结束。”

“喂，卡尔，快点儿开锁呀！”米格尔催促道。

“等等，这也是文字游戏。”

“有什么提示？”海莉问。

“当然有。”窗户上粘了一张小小的纸条，卡尔读道：“一旦学会，终身受益。”

大家都开怀大笑。

最后这一条谜语，实在是易如反掌。

“孩子们，准备好了没？”雷蒙赛罗先生起了个头，“大家一起说！”

所有人一起大声喊道：“阅读（read）！”

卡尔转动转轮，用四个字母拼成read，锁“咔哒”一声开启了，窗户也打开了。

这一次，他不用再打碎玻璃，就能赢得胜利。

卡尔和雷蒙赛罗先生两人站在最高一层的箱子上，帮其他人爬上来，再爬出地下室。

海莉先爬出窗框，外面，图书馆周围已经围满了人，都是来见证游戏最后收官的。见到海莉，有人已经开始尖叫起来。

“瞧！是海莉·戴利！她第一个出来的。海莉赢了！还有两分钟富余时间！”

“哪里哪里，”卡尔只听海莉大声喊着，还是啦啦队队员那高亢的声音，“我只是其中之一，我们的队伍才是真正无敌的。大家都是冠军，耶！”

雅美爬出来时，人群也高呼着她的名字。

“你们怎么知道我叫什么？”卡尔听见她说，“爸爸，是你说的？”

下面就该茜拉·罗素出去了。

“雷蒙赛罗先生？”

“什么事，茜拉？”

“图书馆明天什么时候开门？”

“茜拉，你要来的话，九点就开！”

茜拉笑意盈盈，踩着卡尔和雷蒙赛罗先生的手爬了出去。

她站到外面的路边，卡尔不禁有点儿为她难受——谁会为她叫好呢？

没想到，马上就听到海莉的叫声：“喂，大家注意啦，来认识一下我们的新朋友，茜拉！她实在是聪慧过人，非常了不起！想知道哪本书是谁写的吗？问茜拉就没问题！”

人群再次激动不已，一个劲儿地高呼："茜拉！茜拉！茜拉！"

"好了，"卡尔说，"下面是你，米格尔。"

"米格尔，"雷蒙赛罗先生说，"要是你暑假没什么别的安排，想不想来我的雷蒙赛罗图书馆助理团队当领队？"

"谢谢您，先生，我感到无比荣幸！"

"请记得找安德鲁·派克曼跟你一起来。"

"可是，安德鲁说您的图书馆很弱智。"

"正因为这样，才要让他多花点儿时间了解这里。好啦，去吧！"

俩人一用力，把米格尔托起来送了出去。

外面的人群又是一阵高呼，声音更大。

"米格尔！米格尔！米格尔！"

"各位！"米格尔大喊道，"这座图书馆相当过瘾，大家一定要来一探究竟！"

人群一阵大笑。卡尔哭笑不得。

"下面轮到你了，凯利先生。"雷蒙赛罗先生说。

"好的。可不可以问您最后一个问题？"

"当然。我可不希望这是你最后一个问题。"

"您真的打算找我们去拍广告吗？"

"那是自然。你们都会名扬四海。"

"妙啊。"

"正是。谁能想到，在身边的图书馆里能获益良多，是吧？"

卡尔笑了笑说：“您想到了，雷蒙赛罗先生。”

“现在，你也体会到了。”

卡尔一只脚踩在雷蒙赛罗先生的手上，双手抓住窗框。

“您的生日宴会上，咱们再见，先生！”

“必须的。对了，还有一条，卡尔——”

“什么？”

“气球——可能会有气球！”

作者的话

游戏真的结束了吗？

还没有哦。

本书还有一个谜题未解，但并不在故事本身之中。（不过，怎么找到谜题的提示，却在故事里面！）

如果亲爱的读者找到了谜题的答案，请告诉我。发邮件到 magiclibrary2018@163.com 就可以找到我哦！

图书在版编目（CIP）数据

神奇图书馆 /（美）克里斯・格拉本斯坦著；徐涵译 .
—昆明：晨光出版社，2018.6（2025.3 重印）
ISBN 978-7-5414-9176-4

Ⅰ.①神… Ⅱ.①克… ②徐… Ⅲ.①儿童小说－
长篇小说－美国－现代 Ⅳ.① I712.84

中国版本图书馆 CIP 数据核字（2017）第 197515 号

著作权合同登记号 图字：23-2017-025号

SHEN QI TU SHU GUAN

神奇图书馆

出 版 人 吉 彤

作　　者 〔美〕克里斯・格拉本斯坦
翻　　译 徐 涵
内文插画 贾雄虎
项目策划 禹田文化
责任编辑 李 政　常颖雯
项目编辑 杨 博
版权编辑 杨 娜　陈 甜
美术编辑 沈秋阳
装帧设计 萝 卜
内文设计 辰 子

出　　版 晨光出版社
地　　址 昆明市环城西路 609 号新闻出版大楼
邮　　编 650034
发行电话 （010）88356856 88356858
印　　刷 固安兰星球彩色印刷有限公司
经　　销 各地新华书店
版　　次 2018 年 6 月第 1 版
印　　次 2025 年 3 月第 10 次印刷
开　　本 145mm × 210mm 32 开
印　　张 9.5
I S B N 978-7-5414-9176-4
字　　数 205 千
定　　价 30.00 元

退换声明：若有印刷质量问题，请及时和销售部门（010-88356856）联系退换。